PLANS ET JOURNAUX

DES

SIEGES

DE LA

DERNIERE GUERRE

DE

FLANDRES,

RASSEMBLÉS PAR

DEUX CAPITAINES ETRANGERS

 U SERVICE DE FRANCE.

A STRASBOURG

Chez MELCHIOR PAUSCHINGER.

cIↃIↃCCL.

A MONSEIGNEUR
LE COMTE D'ARGENSON

MINISTRE ET SECRETAIRE D'ETAT
DE LA GUERRE.

MONSEIGNEUR,

Agréez que nous aions l'honneur de Vous preſenter un ouvrage qui raſſemble des operations glorieuſes aux quelles Vous avez eu tant de part.

Si

Si cet ouvrage a le bonheur de Vous plaire, MONSEIGNEUR, nôtre intention sera remplie, puisque votre suffrage nous donnera le droit de pretendre à celui du Public.

Nous sommes avec un tres profond respect,

MONSEIGNEUR,

Vos tres humbles & tres
obeissans Serviteurs

D'Illens & Funck.

AVERTISSEMENT.

Nous ne pretendons donner icy, ni une hiſtoire des Sieges, ni les plans des villes aſſiegées, ni les journaux de leur deffenſe, mais uniquement les plans & les journaux des attaques ; nous avons même affeċté de retrancher de ces plans & de ces journaux tout ce qui n'y etoit pas eſſentiel ; & nous avons évité avec le meme ſoin d'entrer dans aucune eſpece de raiſonnement. Voilà quel a eté notre but, c'eſt aux Leċteurs judicieux à voir ſi nous l'avons rempli.

TABLE

No	Villes assiegées	Ouverture de la Tranchée	Jours de Tranchée ouverte	General des Assiegans	Commandant de la Place	Capitulation
1	MENIN	du 28. au 29. May, 1744.	7.	M. le Marechal de Noailles.	M. Echen van Echter.	honneurs de la guerre.
2	YPRES	le 15. Juin.	11.	M. le Marechal de Noailles.	M. le Prince de Hesse-Philipsthal.	honneurs de la guerre.
3	LA KNOQUE	du 28. au 29. Juin.	$\frac{1}{2}$	M. le Duc de Boufflers.	M. de Lewe.	honneurs de la guerre.
4	FURNES	du 7. au 8. Juillet,	3.	M. le Prince de Clermont.	M. le Comte de Schwarzemberg	honneurs de la guerre.
5	TOURNAY { Ville	du 30. Avril au 1. May 1745.	22.	M. le Marechal de Saxe.	M. le Baron Dorth.	retirés dans la Citadelle.
	Citadelle	Du 31. May au 1. Juin.	19.	M. le Marechal de Saxe.	M. le Baron de Brackel.	suspension de service jusqu'au 1. Janv. 1747.
6	OUDENARDE	du 28. au 29. Juillet.	3.	M. le Comte de Löwendal.	M. Mackuo.	prisonniers de guerre.
7	DENDER-MONDE	du 11. au 12. Août.	1.	M. le Duc de Harcourt.	M. le Baron de Tunnerfeld.	comme à Tournay.
8	OSTENDE	du 13. au 14. Août.	10.	M. le Comte de Löwendal.	M. le Comte de Chanclos.	honneurs de la guerre.
9	NIEUPORT.	du 31. Août au 1. Septemb.	5.	M. le Comte de Löwendal.	M. de Gypzon.	prisonniers de guerre.
10	ATH	du 1. au 2. Octobre.	7	M. le Comte de Gallerande.	M. le Comte de Wurmbrand.	honneurs de la guerre.
11	BRUXELLES	du 7. au 8. Fevrier, 1746.	11	M. le Marechal de Saxe.	M. le Comte de Cauniz.	prisonniers de guerre.
12	ANVERS	du 25. au 26. May.	6.	M. le Prince de Clermont.	M. de Pisa.	honneurs de la guerre.

No	Villes assiegées	Ouverture de la Tranchée	Jours de Tranchée ouverte	General des Assiegans	Commandant de la Place	Capitulation
13	Mons	du 24. au 25. Juin.	16	M. le Prince de Conti.	M. le Prince de Hesse-Philipsthal.	prisonniers de guerre.
14	St. Guilain	du 21. au 22. Juillet.	4.	M. le Marquis de La Fare.	M. Despalar.	prisonniers de guerre.
15	Charleroy	du 28. au 29. Juillet.	5.	M. le Prince de Conti.	M. le Comte de Beaufort.	prisonniers de guerre.
16	Namur { Ville	du 12. au 13. Septembre.	7.	M. le Prince de Clermont.	M. de Crommelin.	retirés dans le Chateau.
	Chateau	du 24. au 25. Septembre.	6.	M. le Prince de Clermont.	M. de Crommelin.	prisonniers de guerre.
17	L'Ecluse	du 19. au 20. Avril, 1747.	3.	M. le Comte de Löwendal.	M. Lambrecht.	prisonniers de guerre.
18	Sas de Gand	du 26. au 27. Avril.	4.	M. le Comte de Löwendal.		prisonniers de guerre.
19	Philipine	du 2. au 3. May.	4.	M. le Comte de Löwendal.		prisonniers de guerre.
20	Hulst	du 28. au 29. Avril.	13.	M. le Marquis de Contades.	M. de la Roque.	les uns avec les honneurs, les autres prisonniers
21	Axel	du 16. au 17. May.	$\frac{1}{3}$	M. le Marquis de Contades.		honneurs de la guerre.
22	Bergopzoom	du 14. au 15. Juillet.	64	M. le Comte de Löwendal.	M. de Cronstrom.	pris d'assaut.
23	Lillo	du 29. au 30. Septembre.	13.	M. le Marechal de Löwendal.	M. de Thierry.	prisonniers de guerre.
24	Mastrick	du 15. au 16. Avril 1748.	18.	M. le Marechal de Saxe.	M. le Baron d'Aylva.	honneurs de la guerre.

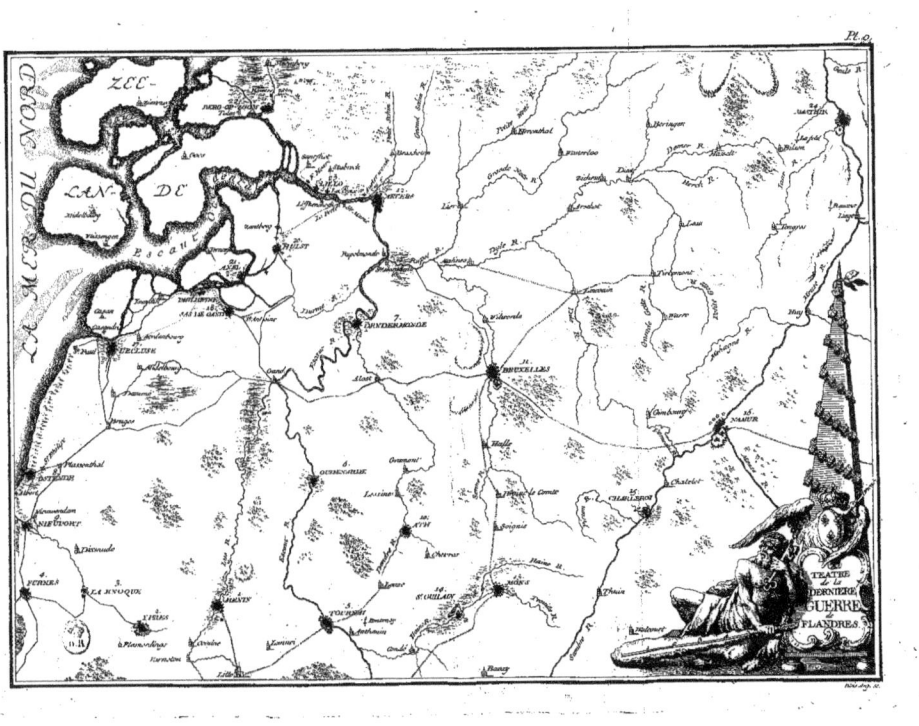

Pl.9.

LA MER DU NORD

ZEE-

LAN- DE

THEATRE
de la
DERNIERE
GUERRE
en
FLANDRES

JOURNAL

du

Siege de Menin,

commandé par

M. LE MARECHAL DE NOAILLES,

en 1744.

Les 18. & 19. *May*, on investit la place, on traça les lignes, & on etablit le Camp.

On emploia *jusqu'au* 27. a reconnoitre la place & l'on determina deux attaques ; l'une sur la rive gauche de la haute Lis, qui devoit etre la grande Attaque , & l'autre sur l'ouvrage à Corne

A   d'Hald'Halvin, dont S. A. S. M. le Comte de Clermont devoit etre chargé en chef.

La nuit du 28. *au* 29. on ouvrit la tranchée des deux cotés: A l'ATTAQUE ROIALE 4500. travailleurs firent deux parallelles avec leurs communications & tous les boiaux venants aux deux debouchés ; Les 1200. travailleurs de jour avoient deja perfectionné tout ce travail a 8. heures du matin, lorsque les pluies qui survinrent en abondance firent de toute la tranchée un tel bourbier que les communications devinrent impraticables, & qu'on fut obligé de relever les troupes par les revers. Le Roy assista a cette ouverture de tranchée depuis dix heures jusqu'a minuit & demi ; Il suivoit le tracé des Ingenieurs & animoit les travailleurs. A l'ATTAQUE DE CLERMONT, 2000. travailleurs firent une parallelle qui debordoit la Corne de droite & de gauche pour prendre des revers sur son front, cette parallelle avoit une communication de droite & une de gauche ; On travailla aussi à quatre batteries de Canon & à une de Mortier.

La tranchée fut montée à *la grande Attaque* par un Lieutenant General, un Marechal de Camp, six battaillons & trois piquets de Dragons ; elle fut montée a *l'attaque de Clermont* par un Lieutenant General, un Marechal de Camp, trois battaillons, sept compagnies de Grenadiers auxiliaires & trois piquets de Dragons.

Ces deux ouvertures de tranchée se passerent sans essuier un coup de fusil ; Vers les 6. heures du matin, l'ennemi commença seulement à tirer du Canon sur la grande attaque, & une demi heure apres sur celle de Clermont;

La 2e. *nuit ; du* 29. *au* 30. on commença a l'ATTAQUE ROIALE deux debouchés en avant de la seconde parallelle ; A l'ATTAQUE DE CLERMONT on poussa deux sappes en avant de la premiere parallelle, dirigées sur les saillants de la Corne ; & l'on etablit a la droite 16. pieces de canon en batterie qui commencerent dés le matin a tirer a ricochet sur l'ouvrage a Corne. Le gardes de tranchée se releverent a l'ordinaire aux deux attaques.

La 3e. *nuit, du* 30. *au* 31. on fit à l'ATTAQUE ROIALE de nouvelles communications pour substituer aux premieres devenues par les pluies, impraticables ; On travailla aussi le long de la seconde parallelle a quatre batteries de canon & à quatre de Mortier. A l'ATTAQUE DE CLERMONT, on poussa les deux sappes

jusqu'au

jusqu'au pied du glacis de la Corne ; on etablit une nouvelle batterie de canon pour battre en breche la branche droite de la Corne; on conftruifit auffi une nouvelle batterie de mortier.

La 4e. *nuit du* 31. *May au* 1. *Juin*, A l'ATTAQUE ROIALE, on continua à s'aprocher des faillans du chemin couvert; A l'ATTAQUE DE CLERMONT on tira la feconde parallelle entre les tetes des deux fappes; Dans le jour, les ennemis retirerent leur canon de l'ouvrage à corne, qu'ils abandonnerent.

La 5e. *nuit*, *du* 1. *au* 2. A l'ATTAQUE ROIALE, on fe logea fur les trois faillants du chemin couvert; les batteries reçurent leurs pieçes, & dés le matin 32. canons & 24. mortiers commencerent a tirer. A l'ATTAQUE DE CLERMONT, on monta dans l'ouvrage a Corne par des échélles, la breche n'etant pas pratiquable, on n'y trouva que cinq hommes qu'on fit prifonniers & quelques pieces encloués ; on baiffa les ponts levis pour communiquer a la Corne par la demi lune ; on ouvrit la barriere de la chauffée qui conduit a la Ville ; au travers de l'inondation ; on avança jusqu'au bandeau ou retranchement où l'on ne trouva perfonne, non plus que dans les deux petites redoutes qui le flanquent ; on fe logea fur le talus exterieur de ce retranchement ; & on communiqua ce logement avec la porte & avec la breche de l'ouvrage à corne.

La 6e. *nuit du* 2. *au* 3. On tira a l'ATTAQUE ROIALE la troifieme parallelle entre les tetes des fappes ; A l'ATTAQUE DE CLERMONT, on fe longea a traverfes tournantes trente toifes fur la chauffée au dela du retranchement, & derriere la derniere traverfe on fit une coupure pour faigner l'inondation fuperieure; on etablit une batterie de 4. Mortiers a la gorge de l'ouvrage a corne ; & une batterie de 18. pieces de Canon, fur la branche gauche du chemin couvert; on communiqua à cette derniere batterie par fix zigzags le long de la branche , ce canon battoit le demi baftion gauche de la porte d'Halvin.

La 7e. *nuit*, *du* 3. *au* 4. On couronna a l'ATTAQUE ROIALE les trois faillants du chemin couvert, & on fit les emplacements pour les batteries qui devoient battre en breche. A l'ATTAQUE DE CLERMONT on pouffa fur la chauffée la double fappe à traverfes tournantes, jusqu'à la digue qui fepare les eaux du foffé d'avec celles de l'inondation fuperieure. *A* 3. *heures apres midy*,

les

les affiegés arborerent la drapeau blanc fur le baftion gauche de la porte d'Halvin, d'ou le tambour cheminant fur les parapets alla gagner l'attaque de la gauche ou l'on planta un fecond drapeau ; La Capitulation fut fignée le même jour ; la garnifon obtint les honneurs de la guerre.

Le 7. la Garnifon fortit, elle confiftoit en quelques Compagnies de Cavalerie & un battaillon & demi de troupes Hollandoifes, M. Echten van Echter Gouverneur marchoit à la tete.

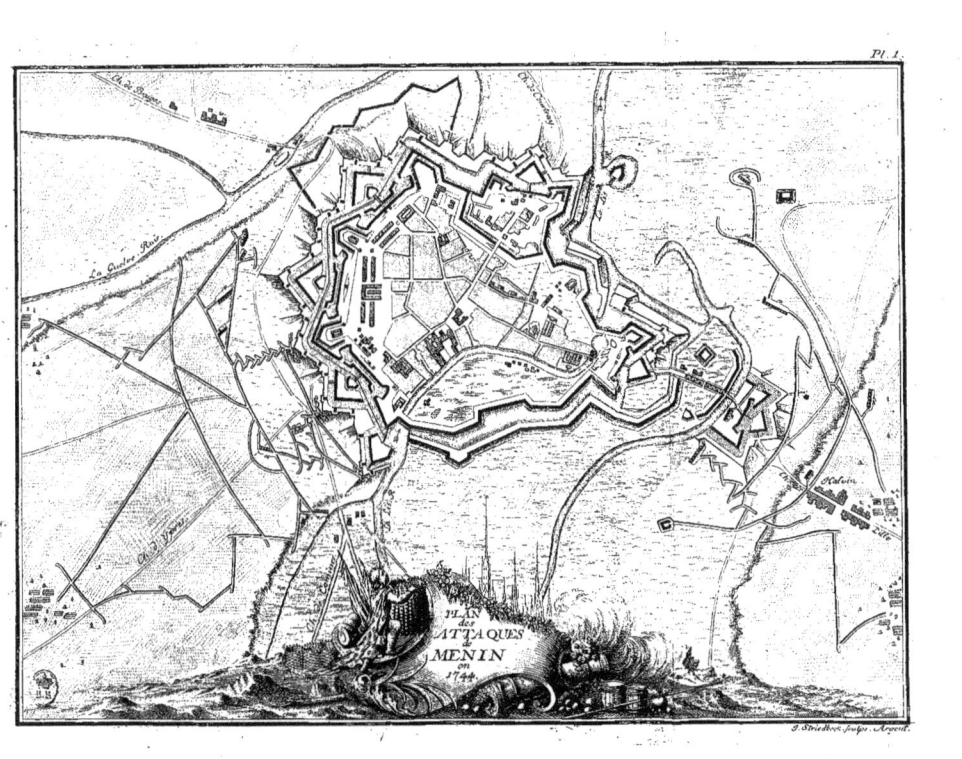

Pl. I.

PLAN
des
ATTAQUES
de
MENIN
en
1744.

JOURNAL

du

Siege d'Ypres,

commandé par

M. LE MARECHAL DE NOAILLES,

en 1744.

L E 6. *Juin* , S. A. S. M. le Comte de Clermont inveſtit la
place conjointement avec un corps commandé par M.
le Comte de Saxe.

Le 11. le Camp fut formé en entier ; on reconnut la
place *jusqu'au* 15. & l'on determina deux attaques, ſçavoir une
à chaque coté du Canal de Bouſſingue ; Celle de la droite fut

A 3   la

la grande attaque , M. le Comte de Clermont fut chargé de celle de la gauche.

Le 15. *a* 10. *heures du matin*, on ouvrit la tranchée aux deux attaques à la faveur des hayes & brouffailles : On fit A LA DROITE une parallelle qui embraffoit l'ouvrage a corne d'Elverdingue & apuioit fa gauche au canal , cette parallelle avoit une communication de droite & une de gauche; on fit auffi A LA GAUCHE une parallelle qui embraffoit l'ouvrage à corne de Tourout & apuioit fa droite au canal ; on communiqua à cette parallelle, par la droite & par la gauche;

Les deux nuits fuivantes, on ne fit aux deux attaques , que perfectionner les travaux de la journée du 15. & conftruire quelques batteries de mortiers & de canons le long de la premiere parallelle.

La 3e. *nuit* , *du* 17. *au* 18. Les parallelles aux deux attaques furent prolongées , l'une de droite , l'autre de gauche pour deborder les Cornes d'Elverding & de Tourout ; on etablit dans ce prolongement , de nouvelles batteries.

La 4e. *nuit*, *du* 18. *au* 19. on commença a la GRANDE ATTAQUE, quatre debouchés , dont deux furent dirigés fur la corne d'Elverding & deux fur la partie droite de la baffe ville. A l'ATTAQUE DE CLERMONT , on forma fur la droite une feconde parallelle qui n'embraffoit que le front gauche de la baffe ville ; & à l'extremité gauche de cette parallelle, on etablit deux nouvelles batteries.

La 5e. *nuit du* 19. *au* 20. On emporta a la GRANDE ATTAQUE la premiere redoute fur la rive droite du Canal, on s'y logea & on y communiqua; on prolongea en meme tems les trois autres debouchés de la droite. A l'ATTAQUE DE CLERMONT, on s'empara de la lunette de la gauche au dela de l'inondation , on fut bientot obligé de l'abandonner , les ennemis y etant venus en force , mais on s'y retablit peu de tems apres ; on s'y logea , & on communiqua avec la premiere parallelle par un boiau en couleuvre fur la digue qui traverfe l'inondation.

La 6e. *nuit* , *du* 20. *au* 21. on forma a la GRANDE ATTAQUE , une feconde parallelle entre la tete de trois fappes de la gauche , & l'on fe porta à dix-toifes de la feconde redoute fur la digue. A l'ATTAQUE DE CLERMONT, on s'avança en zigzags le long du retranchement vers la lunette de la droite.

La

La 7e. *nuit* , *du* 21. *au* 22. on deboucha a la GRANDE ATTAQUE, du centre de la feconde parallele & l'on fe porta en zigzags fur la capitale du baftion droit de la baffe ville. A l'ATTAQUE DE CLERMONT, on prolongea la fappe de la gauche jufqu'a l'epaule de la lunette de la droite ; on couronna l'avant chemin couvert de la baffe ville, & on fe longea en couleuvre le long de la digue de la droite , qui traverfe l'inondation.

La 8e. *nuit*, *du* 22. *au* 23. on s'empara a LA GRANDE ATTAQUE de la feconde redoute fur la rive droite du canal , & l'on pouffa en avant de cette redoute un T en double fappe à vint toifes du chemin couvert de la demi lune. A l'ATTAQUE DE CLERMONT, on s'empara de la lunette de la droite & l'on s'y logea ; on pouffa le long de la rive gauche du canal une double fappe fur le chemin couvert de la baffe ville.

La 9e. *nuit du* 23. *au* 24. nous nous rendimes maitres du chemin couvert, de la baffe ville aux deux attaques , il nous en couta deux à trois cent hommes tant tués que bleffés , & aux ennemis trente à quarante hommes tués ou noiés & quarante prifonniers ; A la GRANDE ATTAQUE on couronna le chemin couvert depuis l'angle faillant du baftion droit jufqu'au canal. A l'ATTAQUE DE CLERMONT, on continua le couronnement , du Canal au faillant du baftion gauche ; on fe logea dans le terreplein du chemin couvert & on communiqua ce logement avec la fappe de la gauche dirigée le long du retranchement qui bordoit l'inondation.

La 10e. *nuit*, *du* 24. *au* 25. on etoit occupé à perfectionner les travaux de la nuit precedente, & à former a LA DROITE une troifieme parallele , lorfqu'on s'aperceut que la baffe ville etoit abandonnée ; on enfonça fur le champ une poterne de la courtine à la gauche du canal , par laquelle l'on fut s'etablir fur le talus du vafte retranchement dans la baffe ville ; lequel nous procura une tranchée toute faite contre l'affiegé qui l'avoit abandonné ; On communiqua a ce logement par la porte Roiale & le long des Batardeaux.

La 11e. *nuit* , *du* 25. *au* 26. on travailla a etablir 19. pieces de Canon & 18. Mortiers fur le retranchement de la baffe ville ; ce travail fut continué par ordre toute la nuit, quoique M. LE PRINCE DE HESSE-PHILIPSTHAL, Gouverneur eut fait arborer le drapeau blanc à 9. heures du foir.

Le

Le 26. *au matin*, la Capitulation fut fignée, la garnifon obtint tous les honneurs de la guerre.

Le 29. fortit la Garnifon & deffila devant le Roy ; Elle etoit compofée de quatre Bataillons Hollandois, dont trois Suiffes, & quatre Compagnies de Cavallerie.

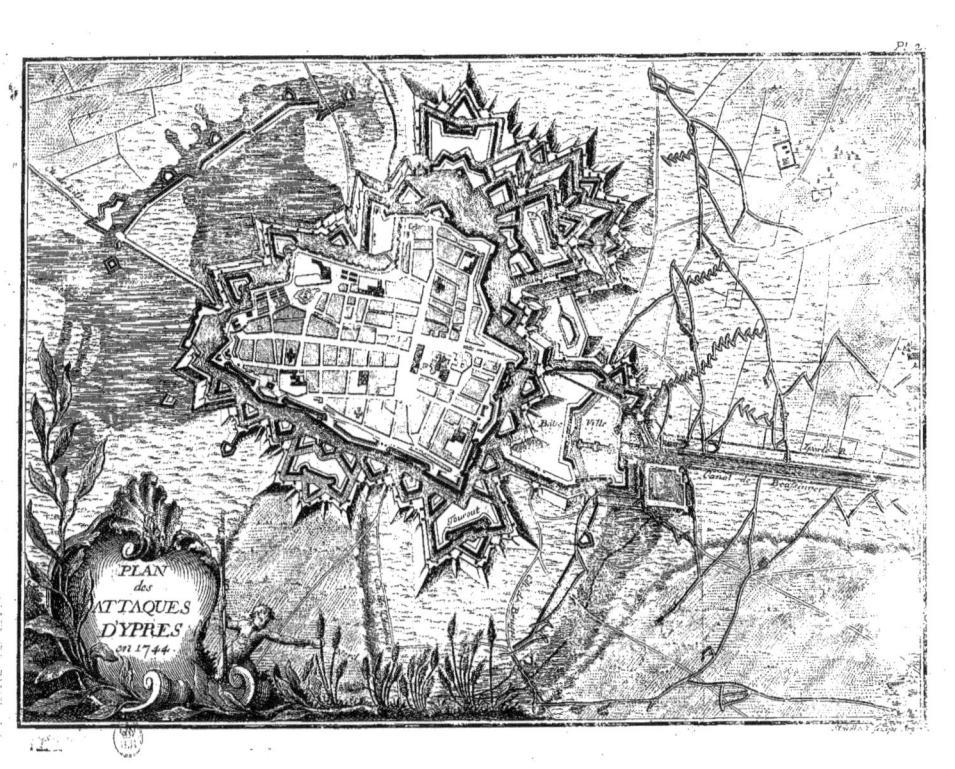

Pl. 2.

PLAN
des
ATTAQUES
D'YPRES
en 1744.

JOURNAL
du
Siege de la Knoque,
commandé par
M. LE DUC DE BOUFFLERS,
en 1744.

L E 28. *Juin* , ce fort fut invefti par une brigade d'infanterie.
    La nuit du 28. *au* 29. L'ouverture de la tranchée con-
fifta en quelques boiaux qui communiquoient à deux batteries
aux quelles on travailla tout de fuite. On ne fit cette Ce-
B

remonie

remonie que pour authorifer le Commandant qui etoit M. DE LEWE, a fe rendre dans une forte de regle.

Auffi *le* 29. *a midy*, il demanda à capituler ; on luy accorda tous les honneurs de la guerre ; il y avoit dans ce fort un detachement de la garnifon d'Ypres d'environ foizante & quinze hommes.

Pl. 3.

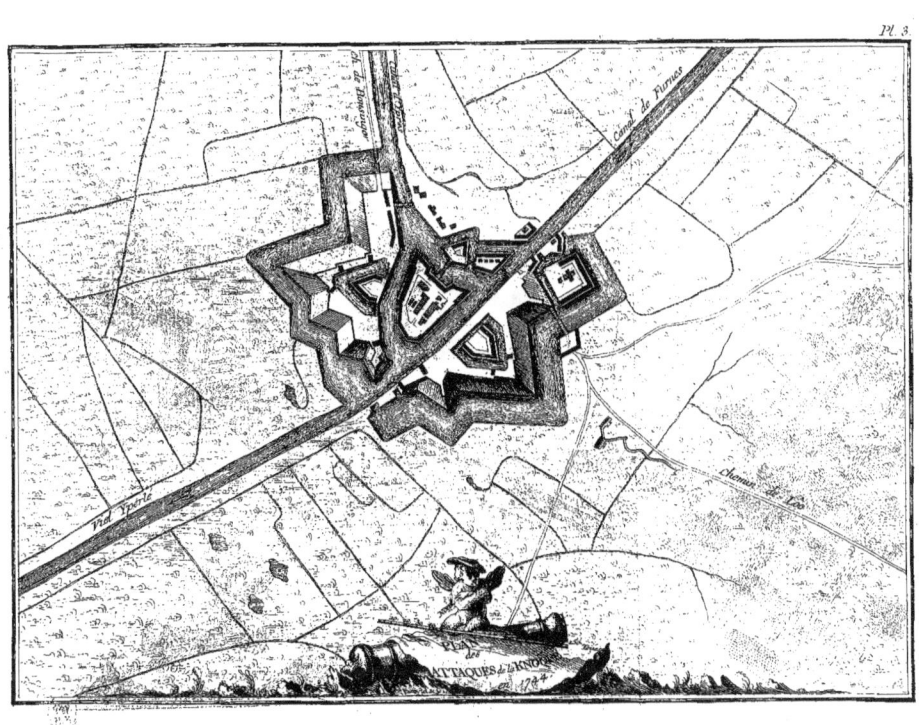

ATTAQUES de KNOCK

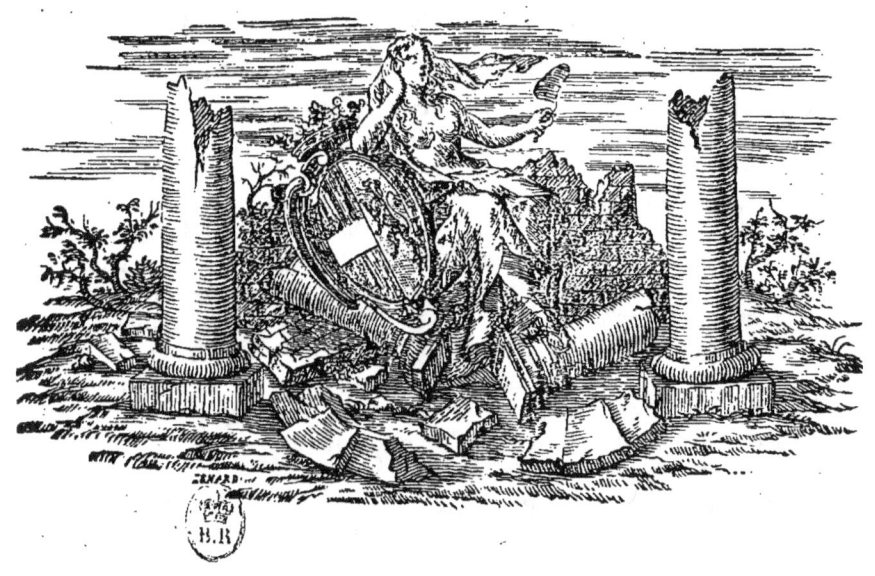

JOURNAL

du

Siege de Furnes,

commandé par

S. A. S. M. LE COMTE DE CLERMONT,

en 1744

L E 29. *Juin*, ce Prince inveſtit Luy meme cette place.
Les reconnoiſſances durerent *jusqu'au* 7. *Juillet*, on determina deux attaques, la principale du coté des Dunes, & l'autre du coté d'Ypres.

La nuit du 7. *au* 8. on ouvrit la tranchée aux deux cotés; A l'ATTAQUE DES DUNES, on tira une parallelle dont la droite etoit

B 2

a cent

a cent toifes environ de l'avant chemin couvert, on communiqua
a cette parallelle, à la droite par un feul boiau, & a la gauche par
cinq zigzags; Tout ce travail fe fit fans effuier un coup de fufil.
A l'ATTAQUE d'YPRES on fit une parallelle dont la gauche n'etoit
qu'a environ foixante & dix toifes du chemin couvert, on communiqua a cette parallelle, à la droite par trois, & a la gauche
par deux grands zigzags; Le feu fut vif à cette attaque.

   La 2ᵈᵉ nuit, du 8. au 9. A l'ATTAQUE DES DUNES on pouffa
trois fappes en avant de la parallelle, favoir une fur la capitale de
la demi lune & une fur celle de chaque baftion.   On travailla à
l'etabliffement de quatre batteries de canon & trois de mortier,
le long de la parallelle.   A l'ATTAQUE d'YPRES, on pouffa deux
fappes en avant de la parallelle, favoir une fur la capitale de
chaque baftion; on conftruifit trois batteries de canon & une de
mortier, qui commencerent à tirer dés le matin; le feu de la
place continua d'etre violent fur cette attaque.

   La 3ᵉ nuit, du 9. au 10. On porta a l'ATTAQUE DES DUNES
les trois fappes jufqu'a quinze toifes de l'avant chemin couvert;
& on fe logea A l'ATTAQUE d'YPRES fur les faillants du chemin
couvert des deux baftions.

   Le matin a 11. heures, le drapeau blanc fut arboré; le foir
la capitulation fut fignée, & la Garnifon obtint les honneurs de
la guerre; elle etoit compofée de trois bataillons Hollandois.
M. LE COMTE DE SCHWARZEMBERG etoit Gouverneur de la place.

Pl. 4.

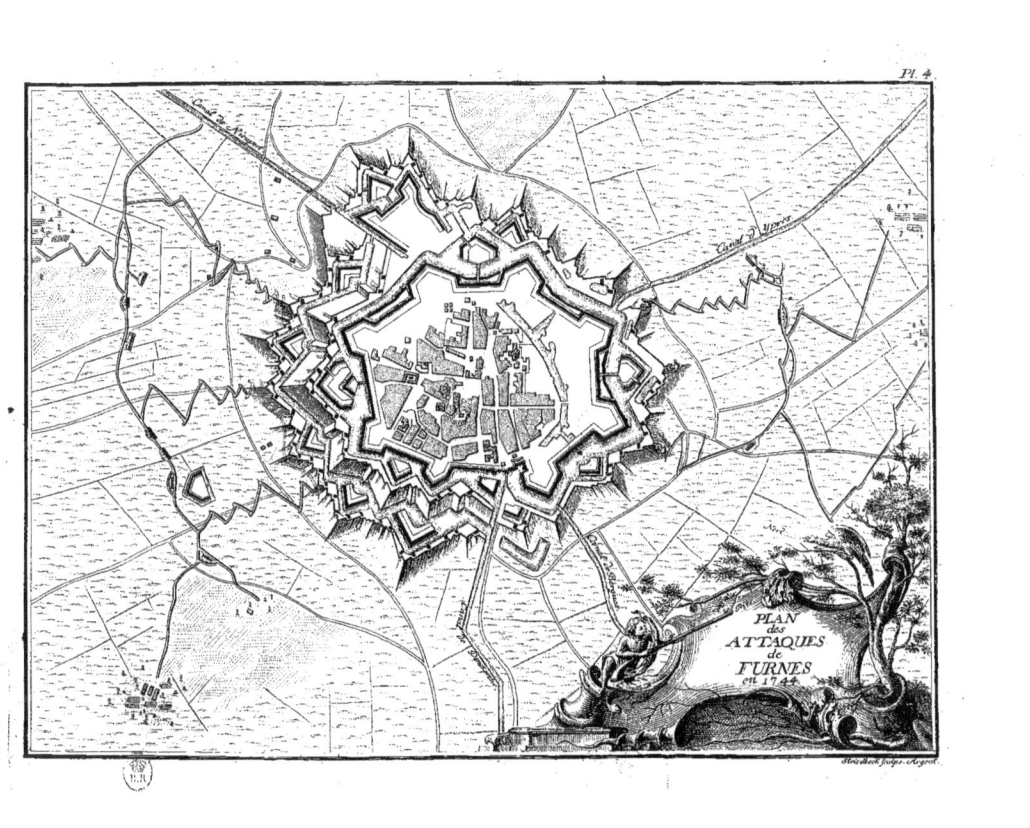

PLAN
des
ATTAQUES
de
FURNES
en 1744.

Strickeck sculps. Argent.

JOURNAL

des

Sieges des Ville & Citadelle de Tournay,

commandés par

M. LE MARECHAL DE SAXE,

en 1745.

LE 26. *Avril* , M. le Marechal aiant fait faire une fauſſe marche & pluſieurs mouvemens aux troupes du coté de Mons, rabattit le meme ſoir ſur Tournay qu'il inveſtit.

Les Alliés penſerent ſur le champ à ſecourir cette place , &

pour

pour cet effet raffemblerent leurs troupes fous Bruxelles, & fe mirent en marche pour s'aprocher de nous.

La nuit du 30. Avril au 1. May, On ouvrit la tranchée en deux endroits : au Village d'Orck, & a la cenfe de Motte ; on fit les deux bouts de la premiere parallelle avec leurs communications aux deux debouchés.

La tranchée fut commandée par un Lieutenant General aiant fous fes ordres, deux Marechaux de Camp & deux Brigadiers, huit bataillons, fept compagnies de grenadiers auxiliaires & un piquet de dragons.

La 2de nuit, *du 1. au 2.* On joignit les deux bouts de la premiere parallelle ; on prolongea fa droite que l'on termina par une redoute ; on fit deux nouvelles communications partans du centre ou l'on etablit un nouveau depot.

La 3. nuit, *du 2. au 3.* On deboucha de la gauche de la parallelle & l'on fit quatre branches de zigzags fur la corne des fept fontaines ; a l'extremité du dernier zigzag, on etablit une batterie de 4. mortiers.

La 4e. nuit, *du 3. au 4.* On deboucha de la gauche par trois zigzags fur la Corne de Lille, & au centre par autant de zigzags dirigés fur l'intervale entre les deux cornes du front d'attaque ; On conftruifit deux batteries de canon & deux de mortier au centre ; & trois batteries de canon & deux de mortier a la gauche ; Les ennemis firent une fortie de 1200. hommes qui furent repouffés avec perte.

La 5e. nuit du 4. au 5. on prolongea de trois zigzags les debouchés de la droite & du centre ; & de fix zigzags le debouché de la gauche. Une de nos bombes mit le feu au magafin à foin de la ville.

La 6e. nuit, *du 5. au 6.* On prolongea de cinq zigzags le debouché de la gauche & de deux celui du centre.

La 7e. nuit, *du 6. au 7.* On communiqua les têtes des fappes par une ligne qui pinçoit le faillant droit ; De la tête de la fappe de la gauche on commença une ligne qui tiroit fur le faillant gauche.

La 8e. nuit, *du 7. au 8.* On prolongea de droite & de gauche le travail de la nuit precedente, ce qui forma la feconde parallelle ; Au centre on etablit des cavaliers pour plonger dans le chemin couvert ;

couvert ; & deux batteries de canon, l'une pour tirer sur la demi lune, & l'autre sur le demi bastion droit.

La 9ᵉ. *nuit, du* 8. *au* 9. Nous nous rendimes maitres de la créte du chemin couvert de la partie de la droite, & nous le couronnames depuis l'angle saillant du centre jusqu'a celui de la droite ; d'un angle a l'autre nous tirames aussi une ligne droite de communication ; Les assiegés firent jouer deux fougasses au saillant de la droite, & dans le jour, ils en firent jouer une troisieme au saillant du centre.

L'armée des ennemis etant fort prés de nous, le Roy fit prendre les armes aux troupes qui se porterent sur le champ de bataille, a l'exception de 27. bataillons & 17. escadrons destinés a continuer les operations du siege sous la direction de M. le Marquis de Brezé.

La 10ᵉ. *nuit, dn* 9. *au* 10. On prolongea le boiau partant du centre de la seconde parallelle jusqu'a la capitale de la place d'armes rentrante de la gauche ; & on couronna la branche gauche du saillant du centre.

La 11ᵉ. *nuit, du* 10. *au* 11. on se logea dans la place d'armes saillante de la droite ; on fit la descente du fossé de la demi lune ; & on prolongea le couronnement du centre jusqu'au saillant de la place d'armes rentrante de la gauche.

Dans le jour, se donna la bataille de Fontenoy que nous gagnames.

La 12ᵉ. *nuit, du* 11. *au* 12. on prolongea le boiau de la gauche jusqu'au saillant gauche, ce qui acheva de former la troisieme parallelle ; & on couronna le chemin couvert de la place d'armes rentrante de la gauche.

La 13ᵉ. *nuit, du* 12. *au* 13. on couronna l'angle saillant de la gauche & on se logea dans la place d'armes de cet angle ; on fit un pont sur le fossé de la demi lune vis à vis de la breche ; nos batteries couperent la communication entre l'ouvrage a corne & la demi lune ; on construisit une batterie pour battre le demi bastion gauche.

La 14ᵉ. *nuit, du* 13. *au* 14. La demi lune fut emportée & on s'y logea sur le champ ; Le passage du fossé sur le demi bastion droit fut continué avec succés & poussé jusqu'au milieu de la largeur du dit fossé malgré la quantité prodigieuse de grenades que
les

les ennemis jetterent continuellement; *Le matin*, la batterie pour battre en breche la face du demi baftion gauche commença à tirer, & on efpera un bon fuccés pour la defcente de fon foffé & fon paffage; on travailla a etablir une batterie dans le logement fur l'arrondiffement gauche pour detruire le feu du flanc oppofé. Sur le foir, le Roy vifita la tranchée, les affiegés firent un feu confiderable pendant ce tems la, fur tout d'une nouvelle batterie qu'ils demasquerent.

La 15. *nuit*, *du* 14. *au* 15. le pont fur le foffé du demi baftion droit fut entierement achevé; de même que la defcente du foffé au devant du demi baftion gauche, ou la contrescarpe fut renverfée dans l'eau, on acheva la batterie fur l'arrondiffement gauche; nous commençames une batterie de 5. pieces pour battre en breche le corps de la place, dans l'echappée entre la branche droite & le baftion blandinois; on perfectionna autant qu'il fut poffible le logement de la demi lune & fa communication avec la tête des fappes, & on acheva les communications derriere les nouvelles batteries; *Dans le jour*, on commença a travailler au paffage du foffé gauche; La batterie fur l'arrondiffement gauche commença a tirer par 3. pieces de canon; notre pont de la droite fut fort maltraité l'apres midy par les bombes & les grenades des affiegés.

La 16e. *nuit*, *du* 15. *au* 16. nôtre pont de la droite continua d'etre maltraité par les bombes des affiegés, mais il fut toujours retabli promptement; Le travail de nôtre pont de la gauche fut pouffé jufqu'a prés de 6t. de la breche; 6. mortiers furent etablis a la droite de la batterie qui battoit l'echapée du corps de la place entre la branche droite & le baftion blandinois; La batterie de canon commencée fur la gauche fut entamée; on elargit la troifiéme parallelle & le couronnement pour faciliter l'entrée & les manoeuvres de l'ouvrage a corne; On travailla à agrandir la breche de la gauche qui n'etoit pas encor pratiquable.

La 17e. *nuit*, *du* 16. *au* 17. on fit reconnoitre le dedans de l'ouvrage à corne par deux compagnies de grenadiers qui y monterent par la breche du demi baftion droit; nos gens ne trouverent d'abord aucune refiftance, mais comme ils etoient occupés a couper les paliffades qui etoient a la gorge du demi baftion, pour fe mettre en état de marcher en avant, les affiegés qui s'etoient

renfor-

renforcés dans l'ouvrage, firent un feu si considerable sur nos Grenadiers que l'on jugea à propos de leur ordonner de rentrer dans le debouché du pont; La batterie de 6. mortiers & de 2. pierriers sur la prolongation de la branche gauche commença à tirer; *Dans le jour* l'extremité de notre pont de la gauche n'etoit eloignée que de 7. à 8. pieds de la breche; La batterie dirigée sur l'echappée entre la branche droite & le bastion blandinois commença à faire bréche.

La 18e. *nuit*, *du* 17. *au* 18. on fit toutes les dispositions necessaires pour l'attaque de l'ouvrage à corne, & à 8. heures du matin, au signal d'un coup de canon, seize compagnies de grenadiers monterent à l'assaut par les deux breches, avec tant d'ardeur & de vivacité, que l'ennemi aprés sa premiere décharge ne put tenir devant les nôtres; Aussitot les ingenieurs à la tête de 500. Trav. à la droite & autant à la gauche entrerent dans les demi bastions ou ceux dela droite se logerent sur le terreplein du rampart parallellement à la face, apuiérent leur logement à la branche droite & par quelques zigzags sur le flanc gagnerent le rampart de la courtine le long duquel ils s'etendirent sur la gauche jusqu'au corps de garde de la porte; Les travailleurs de la gauche aiant rencontré plusieurs difficultés firent le meme travail sur la face, la branche & le flanc, mais ne purent s'etendre le long de la courtine, ainsi qu'avoient fait ceux de la droite; Les ouvriers de Roial artillerie ouvrirent sur le champ la porte de la demi lune & travaillerent aussitôt à dégagér les poutres & terres que l'ennemi avoit mises à celles de l'ouvrage à corne; Les mineurs qui suivoient nos grenadiers parcoururent l'ouvrage & ne trouvérent point de fourneaux; Pendant l'etablissement du logement, les assiegés firent un feu considerable de la demi lune & du corps de la place.

La 19e. *nuit*, *du* 18. *au* 19. le logement du bastion gauche fut prolongé par la droite le long de la courtine jusqu'au corps de garde; On communiqua les logemens des deux bastions par une ligne en avant du corps de garde; On ouvrit une marche en zigzags dans le terreplein du chemin couvert de la branche droite de l'ouvrage à corne, & cette marche fut portée jusqu'a la troisieme traverse; L'artillerie s'occupa à faire l'epaulement de trois batteries, dont une de canon sur la partie droite de la courtine, la seconde de 6. mortiers apuiant à la branche droite, & la troisieme de 6. mortiers apuiant à la branche gauche de la corne; L'artillerie augmenta

C   aussi auffi de 2. pieces la batterie qui battoit en breche le corps de la place entre l'ouvrage à corne & le baſtion blandinois; La communication ſur les ponts de la demi lune & de l'ouvrage à corne fut retablie aſſez pour y pouvoir faire paſſer du canon.

La 20ᵉ. *nuit*, *du* 19. *au* 20. on deboucha par la droite & par la gauche dela ſappe qui couvroit la porte, & apres avoir fait un crochet en ſe portant en avant, on forma un boiau qui de part & d'autre du chemin couvert de la demi lune, fut conduit parallellement à ſon ſommet, juſqu'au pied du rampart des deux branches de l'ouvrage à corne; Une dés nouvelles batteries de mortier commença à tirer; La batterie de 8. pieces ſur la partie droite de la courtine fut entierement achevée, mais on ne pût y faire entrer que 4. pieces pendant cette nuit; Les portes dela demi lune & de l'ouvrage à corne furent entierement demaſquées & leurs ponts bien retablis; *Dans le jour*, nos deux nouvelles batteries de mortier firent un feu continuel;

La 21ᵉ. *nuit*, *du* 20. *au* 21. Nous couronnames la branche gauche de l'angle du chemin couvert; Nous nous logeames dans la place d'armes; Nous etablimes une communication entre les deux boiaux faits la nuit precedente; Nous prolongeames celuy de la droite juſqu'au pied du parapet de la branche droite de l'ouvrage à corne; Nous entrames dans l'epaiſſeur de ce parapet, d'ou nous decouvrimes ſi bien la place d'armes rentrante du chemin couvert du baſtion blandinois, que les aſſiegés eurent peine à s'y tenir; Nous prolongeames auſſi le boiau de la gauche juſqu'au pied du parapet de la branche gauche; La marche en zigzags dans le terreplein du chemin couvert de la branche droite fut continuée & portée juſqu'a la traverſe de la place d'armes rentrante; La batterie de canon ſur la courtine fut complettée de ſes pieces; on etablit à l'extremité du boiau de la droite une batterie de 2. pieces pour rompre le pont de la demi lune, & interdire ſa communication avec la place. *Vers les* 4. *heures du ſoir* M. LE BARON DORTH, Gouverneur, fit arborer le drapeau blanc, les ôtages furent envoiés de part & d'autre, mais les propoſitions n'aiant point eté acceptées, on ſe renvoia les ôtages & on recommença les hoſtillités.

La 22ᵉ. *nuit*, *du* 21. *au* 22. on ſe logea dans la place d'armes rentrante du chemin couvert entre la branche droite & le baſtion blan-

blandinois, & l'on travailla à y conftruire une batterie pour ruiner les deffenfes de ce baftion; *Dans le jour* nous preparames les bois & fafçines neçeffaires pour la conftruction du pont de la brêche droite qui avoit eté confiderablement agrandie par la batterie de 8. pieces qui etoit fur la courtine de l'ouvrage à corne. *A 3. heures apres midy*, le Gouverneur fit replanter le drapeau blanc fur la brêche & on fe renvoia de nouveaux ôtages;

Le 23. au matin, la capitulation fut fignée; Le Gouverneur s'engagea de nous remettre une porte *le 24.* a la pointe du jour, & que toutes les troupes feroient entrées dans la citadelle, le même jour à 2. heures preçifes apres midy; On convint de quelques arrangements par rapport à l'artillerie, les munitions de guerre, & les bleffés que l'on laifferoit dans la ville; Nous promimes de ne point attaquér la citadelle par l'efplanade ny par les deux parties du rampart attenantes, la citadelle s'engagea par contre de ne point tirer fur la ville fous aucun pretexte; pour cet effet il fut reglé que nous tirerions entre la ville & la citadelle une ligne qui feroit gardée par nos troupes; On convint auffi que le Paté St. Martin feroit neutre, ainfi qu'il l'avoit été dans le dernier fiege en 1709. Le Roy accorda une fufpenfion d'armes de 8. jours pour donner le tems de revenir à un courier que le Baron d'Orth eut la permiffion d'envoyer aux Etats Generaux fes maitres pour recevoir leurs ordres par raport à la deffenfe de la citadelle.

Le 24. nous primes poffeffion de la porte de Lille, la garnifon Hollandoife fe retira dans la citadelle, & nos troupes entrerent dans la ville; Le Roy vifita les travaux qui avoient eté fait depuis qu'il avoit été a la tranchée.

Le 25. Nous relevames les breches, & nous comblames nos travaux qui fe trouverent monter a 7000. t.

L E 29. On commença les preparatifs pour le fiege de la citadelle, en cas que la reponce des Etats Generaux ne fut pas conforme aux bonnes intentions du Roy.

Le 31. au foir, le Baron d'Orth aiant reçu ordre de fes maitres

de

de fe deffendre dans la citadelle, il en fit part tout de fuite à M. le Marechal de Saxe.

La nuit du 31. *May au* 1. *Juin*, La tranchée fut ouverte devant la citadelle : Nous fimes dans le foffé en avant de la porte St. Martin, trois branches de zigzags; Du faillant de la place d'armes rentrante du chemin couvert au devant dela branche gauche de la corne St. Martin nous tirames une petite ligne droite, qui prolongée auroit abouti a l'epaule du Paté St. Martin; Du faillant du chemin couvert de la demi lune de la corne St. Martin on tira une grande ligne qui deborda le baftion droit du front d'attaque; Cette ligne fut terminée par une redoute; *Dans le jour* on demasqua une batterie de 6. pieces de canon placée dans le tenaillon dela branche gauche de la corne St. Martin, 32. mortiers rangés le long du chemin couvert de cette branche commencerent auffi à tirer, ainfi que 8. autres placés dans la lunette de Luquet à la rive droite du haut Efcaut, & 20. autres diftribués en deux batteries fituées à la rive gauche, la premiere à environ 100. toifes au deffus de la porte de Valenciennes, la feconde à 100. toifes plus haut & prés du bord de l'inondation. La tranchée fut commandée par une Marechal de Camp.

La 2de. *nuit, du* 1. *au* 2. Nous fimes dans le foffé une quatrieme branche de zigzag, dont l'extremité apuioit à la contrescarpe; De l'angle faillant du chemin couvert de la corne gauche nous etablimes une nouvelle communication à la grande parallele; Nous fimes les epaulemens de deux batteries de 10. mortiers chacune & d'une de 6. canons a la droite de cette parallele; & de deux batteries de canon de 8. pieces chacune à la gauche; Nous conftruifimes une batterie de 8. pieces de canon à l'extremité de la demi parallele faite la nuit precedente; Nos mortiers firent un feu tres vif & cauferent beaucoup de defordre chez les affiegés qui firent fortir de la citadelle par la porte du fecours 150. chevaux de cavaliers & les abandonnerent fur les glacis.

La 3e. *du* 2. *au* 3. Nous fimes dans le foffé un cinquieme zigzag apuiant au vieux mur de la ville; A l'extremité du quatrieme le mineur perça la contrefcarpe pour la fouiller & éventer les mines des affiegés; Nous etablimes de nouvelles communications derriere les batteries conftruites dans la grande parallele; Nous plaçames fur la branche gauche de la corne St. Martin, 2. mortiers

pour

pour des bombes de cinq cent; Et nous augmentames de 6. mor-tiers la batterie la plus prés de la porte de Valenciennes à la rive gauche du haut Escaut.

La 4e. nuit, du 3. au 4. On forma dans le fossé un sixieme zigzag qui apuioit à la contrescarpe, dans la quelle le mineur con-tinua de fouiller; A *la pointe du jour* les assiegés firent une sortie de 800. hommes avec des travailleurs, dans le dessein de combler nos travaux, mais ils furent repoussés avec vigueur, & obligés de se retirer en desordre;

La 5e. nuit, du 4. au 5. le mineur continua de fouiller la con-trescarpe, & se trouva être deja à 8. t. de longueur du revête-ment. La redoute qui apuioit la droite de la parallelle fut entie-rement palissadée dans le fond du fossé, & nos troupes s'y trouve-rent trés en sureté. *Le matin* toutes nos batteries de canon com-mencerent à tirer avec les dernieres batteries de mortier;

La 6e. nuit, du 5. au 6. les assiegés reunirent tout leur feu sur les zigzags dans le fossé, & firent une sortie de leurs traverses *vers minuit* pour se jetter sur nos zigzags & nous les faires aban-donner, mais nos grenadiers les obligerent de se retirer presque aussi tot qu'ils se furent presentés; *Dans le jour* nos batteries com-mencerent à detruire les deffenses du front d'attaque; *Le soir*, nos mineurs firent sauter deux mines pour renverser la contréscarpe dans le fossé, & nos troupes se logerent tout de suite dans la rampe de cette contrescarpe renversée, pour pouvoir ensuite s'e-tendre sur le terreplein du chemin couvert.

La 7e. nuit, du 6. au 7. Nos sappeurs prolongerent le qua-trieme zigzag dans le fossé jusqu'a l'epaule gauche de la place d'ar-mes du chemin couvert & tirérent delà un autre zigzag en retour sur la contréscarpe, nos canoniers baisserent leurs embrasures dans le demi tenaillon & exhausserent leur platte forme pour pouvoir battre jusqu'au pied des revêtemens; Nous fimes une traverse en diagonale dans la redoute dela droite.

La 8e. nuit, du 7. au 8. à l'extremité du travail de la nuit pre-cedente, on éleva le point qui voioit la premiere traverse dans le fossé, pour pouvoir en déloger les ennemis; on etablit une bat-terie de pierriers dans le dernier zigzag dans le fossé; *Vers les 2. heures du matin,* les assiegés firent une sortie de 300. hommes sur la tête de nos sappes dans le fossé & dans le chemin couvert, mais

nos

nos grenadiers les repoufférent avant qu'ils euffent eu le tems de faire leur décharge, ils perdirent une vintaine d'hommes & eurent beaucoup de bleffés, le matin ils demanderent à les retirer, ce qu'on leur accorda.

La 9e. *nuit, du* 8. *au* 9. on prolongea la gauche de la demi parallelle faite la premiere nuit, jusqu'a la penultiéme tour du vieux mur de la ville; on etablit dans cette prolongation une batterie de 7. piéces dont deux fe trouvoient dans le foffé, deux fur le chemin couvert, & trois fur le glacis, on conftruifit deux batteries, l'une de 2. piéces & l'autre de 3, à la tête des travaux faits la nuit precedente fur le chemin couvert; de l'epaule gauche de la place d'armes de ce chemin couvert on pouffa un nouveau boiau en retour fur la contréfcarpe, & paralléllement au dernier; du fixieme zigzag dans le foffé, on pouffa un autre boiau en avant qui alla auffi s'apuier à la contrefcarpe; Le mineur s'attacha derechef pour renverfer la partie dela contréfcarpe entre les têtes de nos fappes dans le foffé & fur le chemin couvert.

La 10e. *nuit, du* 9. *au* 10. Nos mineurs renverferent le mur dela contréfcarpe qui etoit entre les tétes de nos fappes; ils renverferent auffi la partie de la contréfcarpe ou s'apuioit le boiau fait la nuit precedente fur le chemin couvert; & on continua ce boiau dans le foffé jusqu'au vieux mur de la ville; à l'extremité de ce travail on etablit 3. pierriers; Nos mineurs continuerent auffi à fouiller le terreplein du chemin couvert, on couronna en gabions la fáce droite de la place d'armes rentrante, & le logement fut prolongé de 25. toifes au dela de fon angle; du couronnement on tira une grande ligne vers l'epaule droite du Paté St. Martin, & delà par une autre ligne on communiqua à la premiere demi parallelle; Nous donnames une communication à nos troupes par le foffé de l'ouvrage à corne, afin d'oter l'inconvenient qu'il y avoit à faire tout paffer par la branche le long de laquelle l'artillerie manoeuvroit continuellement.

La 11e. *nuit, du* 10. *au* 11. de l'epaule gauche de la place d'armes fur le chemin couvert, on tira à droite une feconde demi parallelle.

La 12e. *nuit, du* 11. *au* 12. Nos mineurs firent trois puits le long de la derniere demi parallelle, pour fouiller le terrein & affurer les batteries qu'on devoit y etablir.

La

La 13. *nuit*, *du* 12. *au* 13. on fit dans le foſſé quatre nouvelles branches de zigzags, & trois autres ſur le terreplein du chemin couvert; nos mineurs continuerent à fouiller les endrois critiques; Les aſſiegés firent un feu trés violent qui incommoda beaucoup nos travailleurs;

La 14e. *nuit*, *du* 13. *au* 14. on communiqua les têtes des ſappes du foſſé & du terreplein du chemin couvert; on conſtruiſit dans la ſeconde demi parallelle deux batteries de 6. pieces châcune & une de 6. mortiers. *Dans le jour* celle de mortier commença deja à tirer; Le Baron d'Orth etant tombé malade, le Roy luy permit de ſortir dela citadelle & venir loger dans la ville; LE BARON DE BRACKEL prit alors ſeul le commandement & la direction des operations neceſſaires pour la deffenſe de la place.

La 15e. *nuit*, *du* 14. *au* 15. de la tête de nôtre ſappe dans le foſſé, on pouſſa ſur la droite deux petits boiaux en avant contre la contreſcarpe; Les aſſiegés firent jouer deux fougaſſes ſucceſſivement & ſans aucun effet; La nouvelle rampe du foſſé fut entierement achevée & le mineur s'y attacha; le feu de la mouſqueterie des aſſiegés fut tres vif, mais celuy de leurs pierriers & mortiers commença à diminuer; *Dés le matin*, les 12. pieces de canon en batterie dans la ſeconde demy parallelle commencerent à agrandir la breche.

La 16e. *nuit du* 15. *au* 16. on pouſſa dans le foſſé un autre boiau ſur la gauche contre l'eſcarpe; Les mineurs furent bien établis le long du mur de la contreſcarpe & ſe trouvérent deja fort prés du terreplein de la citadelle. Une batterie de 4. mortiers fut etablie à la tête des ſappes ſur le chemin couvert; Les ennemis ne firent point de feu de leur mouſqueterie, ils ſe contenterent de jetter quelques bombes, & quelques feux d'artifice.

La 17e. *nuit*, *du* 16. *au* 17. Nous tirames en avant de la tête de notre ſappe ſur le chemin couvert, une ligne qui en occupoit toute la largeur; Les aſſiegés firent jouer une troiſiemé fougaſſe ſous la contreſcarpe, à l'endroit ou deux de nos mineurs avoient eté attachés la veille, ces deux mineurs & quelques travailleurs furent enterrés; Sur le champ on deblaia les terres pour rattacher les mineurs au vif du mur;

La 18e. *nuit*, *du* 17. *au* 18. Nous tirames en avant de la tête de notre ſappe dans le foſſé une lignè qui en occupa toute la largeur;

largeur; *Sur les* 10. *heures du matin*, les affiegés firent jouer en avant de leur traverfe une fougaffe du coté de l'efcarpe, qui nous enterra trois foldats, apres quoy nos grenadiers s'etant jettés fans qu'on put les retenir, dans cette traverfe pour pourfuivre les ennemis, ceux cy firent fauter la contréfcarpe jufqu'auprés du debouché de leur gallerie, nous eûmes 25. grenadiers tués ou bleffés; Nous retablimes fur le champ nos logemens & couronnames ces deux entonnoirs.

La 19ᵉ. *nuit*, *du* 18. *au* 19. le mineur s'atacha pour aller chercher la gallerie d'envelope à l'entonnoir de la droite; nous formames des cavaliers pour plonger dans le foffé; la brêche étant de 20. toifes on refolut de s'emparer du chemin couvert; on fit pour cet effet les difpofitions neceffaires, les affiegés s'en aperçurent & voulant eviter l'affaut que nous leur preparions, le Commandant fit planter le drapeau blanc fur la brêche & les otages furent envoiés de part & d'autre; Toutes les batteries de la citadelle etoient demontées, les puits etoient infeétés & la poudre commençoit à y manquér.

Le 20. la Capitulation fut fignée; il fut arreté que la garnifon ne porteroit point les armes contre le Roy ou fes Alliés jufques au 1. Janvier 1747. & ne feroit jufqu'a ce tems la aucune fonétion militaire, de quelque nature que ce put être, pas meme de garnifon dans les plaçes les plus reculées de la frontiere ; que les officiers ou foldats de cette garnifon ne pourroient pareillement avant ce tems être incorporés dans d'autres corps ny paffer à aucun fervice étrangér; Par raport au refte, la garnifon obtint les honneurs de la guerre, excepté qu'elle n'eut point de chariots couverts; *le foir* nous primes poffeffion de la porte Roiale.

Le 25. fortit la garnifon; elle etoit compofée de 11. bataillons hollandois dont trois Suiffes, & de 3. efcadrons de cavalerie demontés ; Le tout ne faifoit que 5000. hommes de 9000. hommes qu'ils etoient avant le fiege.

Pl. 5.

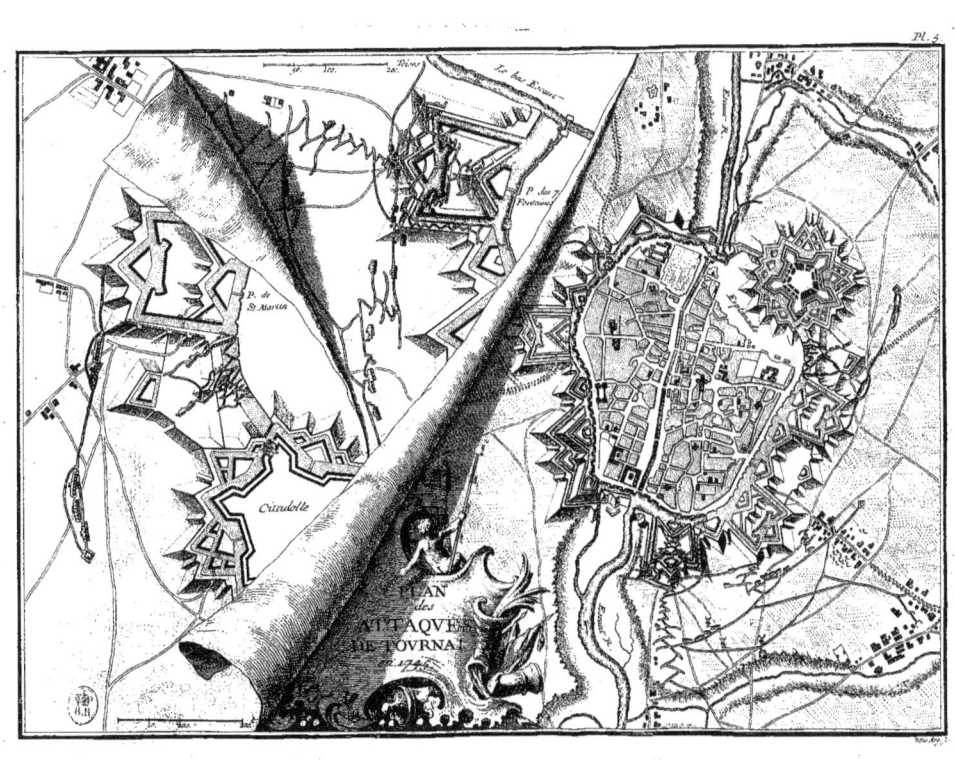

PLAN
des
ATTAQVES
DE TOVRNAI
en 1745.

P. de
St Martin

Citadelle

P. des 7
Fontaines

Le bas Escaut

JOURNAL

du

Siege d'Oudenarde,

commandé par

M. LE COMTE DE LÖWENDAL,

en 1745.

L E 16. *Juillet*, la plaçe fut inveftie par un corps de **22.** bataillons & **3.** efcadrons detachés de la grande armée qui n'etoit
alors qu'a quatre lieues de là.

La *nuit du* 18. *au* 19. on ouvrit la tranchée à environ fept cent
toifes en avant du Baftion de Bruxelles; on fit une parallélle à cent

D   toifes

toifes de l'avant chemin couvert , dont la droite fut apuiée à l'inondation du bas Efcaut & la gauche au village de Leupeghem ; on communiqua à cette parallelle par neuf grands zigzags ; on conftruifit fur la hauteur à droite & à gauche de la queue de la tranchée fept batteries pour y placer trente trois piéces de canon dont 19. de vint quatre livres de bale , 4. de douze , & 10. de huit ; Dés le matin , la batterie la plus à la gauche commença à ti-rér. Les affiegés firent toute la nuit le feu le plus vif tant de moufquéterie que de leurs canons & mortiers ; La tranchée fut commandée par un Marechal de Camp , aiant fous fes ordres deux Brigadiers , deux bataillons , & deux compagnies de grenadiers auxiliaires.

La 2de. *nuit du* 19. *au* 20. on deboucha du centre de la paral-lélle par deux fappes : celle de la droite fut dirigée fur la lunétte révetue en avant de la courtine entre les baftions de Bruxelles & de Sion , & celle de la gauche le fut fur la capitale du baftion de Bruxelles ; Ces deux fappes de fix zigzags chacune furent portées jufquau pied du glacis de l'avant chemin couvert ; Les fix autres batteries établies la veille commencerent à tirér ; on en etablit une nouvelle de 8. mortiers à la droite de la parallelle ; Dans le jour on commença la communication entre les deux fappes ;

La 3e. *nuit , du* 20. *au* 21. on acheva la communication entre les deux fappes & on prolongea cette ligne de droite & de gauche , cè qui forma la feconde parallélle ; à la gauche , on fe porta en pleine fappe fur le bord de l'avant foffé du baftion de Bruxelles , ou l'on commença à jettér dés fafcines pour y établir un pont ; On conftruifit deux batteries à la gauche de la premiere parallélle , l'une de 6. pieces & l'autre de 4. mortiers. *Vers les* 6. *heures du foir* M. DE MAKHUO , Gouverneur fit arborer le drapeau blanc & les ôtages furent envoiés tout de fuite.

Le 22. la capitulation fut fignée , on convint que la garnifon feroit prifonniere de guerre , & conduite dans telle place qu'il plairoit au Roy. *Le foir* , nous primes poffeffion de la porte de Tournay.

Le 25. la garnifon défila devant le Roy avec armes jufqu'a la barriére ou elle les mit bas , & delà fut conduite à Tournay. Elle etoit compofée de 1070. Fantaffins dont 150. Autrichiens , 320. An-glois ; & 600. Hollandois ; de 30. houffards & de 20. canoniers.

Pl. 6.

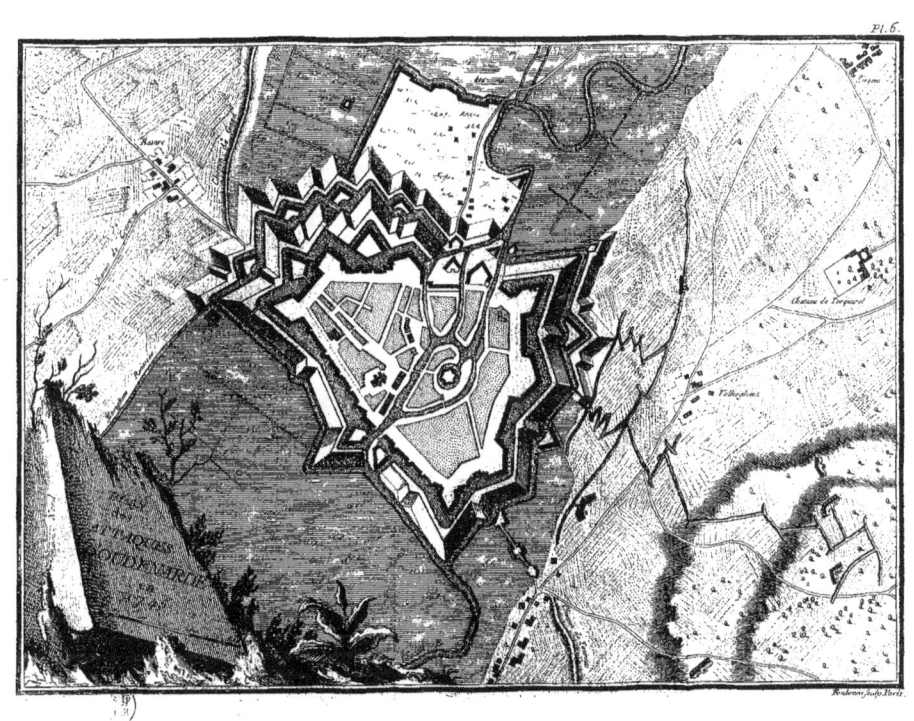

JOURNAL

du

Siege de Dendermonde,

commandé par

M. LE DUC D'HARCOURT,

en 1745.

L E 5. *Aoûst*, l'inveſtiture ſe fit par un corps detaché de la grande
armée qui campoit alors à Aloſt; Quelques ballandres chargées de troupes Angloiſes, Hannovriennes & Hollandoiſes aiant
voulu ſe jettér dans la place, trois de ces bâtimens ou ſe trouve-
rent 180. Hollandois furent pris, les autres ſe retirerent à Anvers.

Le

Le 8. La grande armée étendit sa gauche jusqu'a la ville, le dos apuié à la Dendre ; on établit sur le haut Escaut deux ponts de pontons & l'on fit camper cinq regiments de l'autre côté de cette riviére.

La nuit du 8. *au* 9. on éleva sur le bord de l'inondation une batterie de 4. canons pour battre la redoute la plus avancée sur la chauffée de Malines, & sans en attendre l'effet, cinquante grena-diers marchérent avant le jour à cette redoute s'y logerent & y prirent un sergent & douze hommes qui la gardoient; on travailla tout de suite à couper la digue à la droite de la chauffée pour faire écouler les eaux dans le bas Escaut; Dés le jour le feu des affiégés sur la redoute emportée fut vif, continuel, & bien dirigé, mais nôs grenadiers se couvrirent derriere le fort à machecouli au milieu de la rêdoute.

La tranchée fut montée par un Marechal de Camp, aiant sous luy un Brigadier, deux bataillons, & quatre compagnies de gre-nadiers auxiliaires.

La nuit du 9. *au* 10. on élargit la première saignée & on en fit une seconde, par le moien de laquelle l'inondation qui étoit encor de trois piéds baiffa de quatorze pouces, & la chauffée de Malines qui étoit couverte fut entierement dégagée; On s'avança auffi de l'autre côté de l'Escaut jusqu'a une écluse dont les vannes aiant eté levées, il en sortit beaucoup d'eau qui se perdit dans les écoulements d'en bas; on établit à la droite du chemin d'Aloft le long du ruiffeau de Wirbeck deux batteries l'une de 6. pieces & l'autre de 4. mortiers. Le feu de la place fut encor confiderable.

La nuit du 10. *au* 11. On fit une ouverture à la chauffée de Malines, par ou l'inondation fécoula avec une telle rapidité qu'il ne resta plus qu'un pied d'eau. Le feu de la place se ralentit beaucoup.

La nuit du 11. *au* 12. l'inondation etant encor diminuée, en-sorte qu'une partie du terrein etoit à sec, on ouvrit la tranchée à la droite de la chauffée de Bruxelles, à environ 300. Toises de la contréscarpe; on tira entre cette chauffée & celle de Malines une parallélle un peu en avant du bord de l'inondation écoulée; Dans le jour, on éleva à la droite une batterie de 4 canons pour battre la seconde redoute sur la chauffée de Malines, qui fut tout de suite abandonnée par les ennemis ; nous poussames un boiau jusqu'a

cette

cette redoute pour nous y établir; on conſtruiſit au centre deux batteries de canon pour battre les ouvrages avancés de la porte de Bruxelles; On pouſſa à la gauche un boiau pour déborder & s'approcher de la première rédoute ſur la chauſſée de Bruxelles. *Sur les 5. heures du ſoir* le Gouverneur fit plantér deux drapeaux blancs, l'un ſur la porte de Bruſſelles, l'autre ſur celle de Malines.

Le 13. La capitulation fut ſignée, élle fut conforme à célle de Tournay, la Garniſon s'engagea de ne faire aucun ſervice militaire jusqu'au 1. Janv. 1747.

Le 14. La garniſon ſortit avec les honneurs de la guerre, elle etoit compoſée d'un bataillon Autrichien & d'un Hollandois.

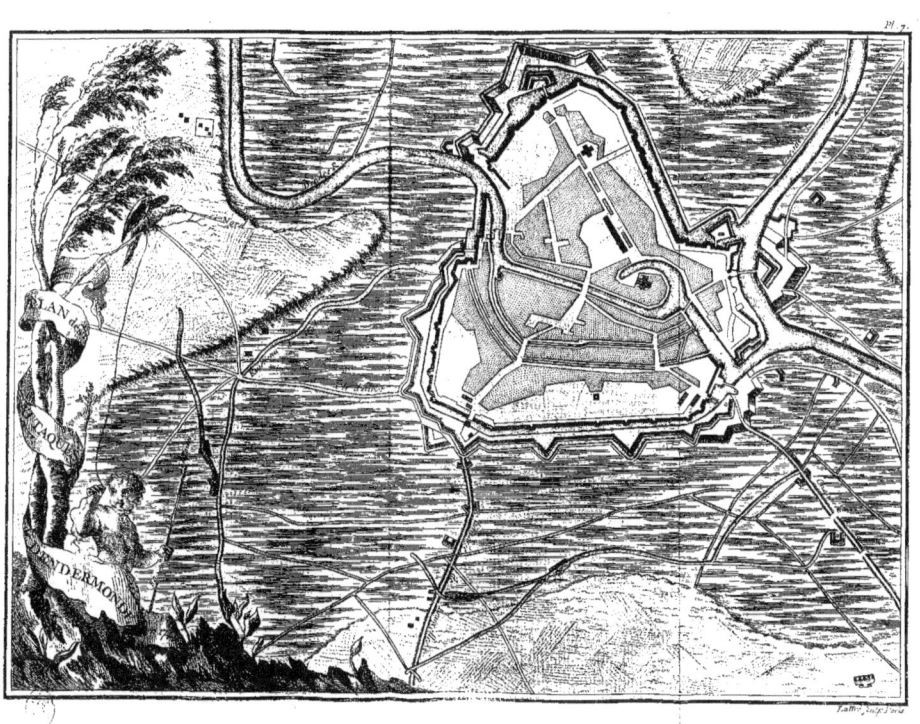

Pl. 7.

JOURNAL
du
Siege d'Oftende,
commandé par
M. LE COMTE DE LÖWENDAL,
en 1745.

L E 6. *Aoùt* l'Armée deftinée à faire ce fiege fe partagea en trois corps; M. le Comte de la Marck avec deux brigades d'infanterie & trois efcadrons de dragons marcha du côté dés dunes de Lismoris; M. le Marquis de Contades avec huit bataillons fe porta du côté
de

de Marienkirch, dont il s'empara, ainfi que du fort Albert abandonné par les ennemis à fon aproche; & M. le Comte de Löwendal refta avec deux brigades d'infanterie à Oudenbourg pour atendre fon artillerie.

Le 7. M. de Löwendal aiant eu avis qu'il etoit parti d'Oftende un detachement de 45. hommes pour couper une digue entre cette ville & le pont d'Oudenbourg, fit marcher fur le champ deux compagnies de grénadiers qui aiant atteint le détachement ennemi, l'attaquérent avec tant de vigueur qu'il en refta 12. fur la place & 16. furent faits prifonniers; Pendant ce tems la, M. de Löwendal s'aprocha du fort Plaffenthal, & fit fommer le Commandant de fe rendre prifonnier de guerre; celuy cy aiant vû les difpofitions que nous faifions pour le forçér, obeït aprés nous avoir tiré une vintaine de coups de canon; nous trouvames dans ce fort, foixante-douze foldats & trois Officiers.

Le 8. M. de Löwendal quitta Oudenbrock pour fe rendre à Marienckerg; l'armée campa dans la plaine, & on fit voiturer au camp, de l'eau douce & de la petite biérre pour diftribuer aux foldats pendant le fiége.

Le 9. Nous fumes entierement maitres des dunes jusqu'a Oftende; cinq vaiffeaux Anglois qui cotoïoient la côte, lachérent quelques bordées de canon fur nos troupes, mais fans fuccés.

Le 10. on conftruifit des râdeaux pour y placér des batteries dans l'inondation; L'eau douce ne fut plus une difficulté pour le fiege, on trouva apres avoir creufé des fources tres bonnes en differens endroits du Camp.

Le 11. M. de Löwendal aiant fû à tems qu'il étoit forti de Nieuport un détachement de 160. h. pour aller faire des coupures à la rive droite du canal de Bruges, afin de fubmergér les chemins par ou paffoient nos convois, fit marcher fur le champ trois compagnies de grenadiers qui repoufférent avec vivàcité ce detachement ennemi; nous fimes tout de fuite des ouvertures à la rive gauche de ce canal, vis à vis des eclufes, pour attirer les eaux de ce côté là.

Le 12. On aprovifionna le Dépôt, & on le retrancha.

La nuit du 13. *au* 14. On ouvrit la tranchée en avant de la porte de Nieuport; on fit une demi parallelle à 300. toifes de l'avant chemin couvert; on communiqua à cette parallélle par un feul boiau;

boiau; Les affiegés firent un feu confiderable de mousqueterie, de canon, & de mortier.

La tranchée fut montée par un Marechal de Camp, aïant fous luy un Brigadier avec deux bataillons & deux compagnies de grenadiers auxiliaires.

La 2de. *nuit, du* 14. *au* 15. on fit une feconde demi parallélle à 120. toifes dés premiéres palliffades; on communiqua auffi d'une parallélle à l'autre par un feul boiau; on perfectionna les ouvrages de la nuit precedente.

La 3e. *nuit, du* 15. *au* 16. on difpofa tous les travaux relatifs aux batteries que l'on vouloit établir en avant & fous la protection de la feconde parallélle.

La 4e. *nuit, du* 16. *au* 17. on fit les épaulements de fept batteries, dont une en avant de la gauche, cinq en avant du centre, & une à la droite; les affiegés redoublérent leur feu.

La 5e. *nuit, du* 17. *au* 18. les batteries reçurent leurs pieçes, & dés le matin on tira avec 28. canons & 24. mortiers; La garnifon tenta une petite fortie qui n'eut point d'effet; On conftruifit à la pointe des dunes de Lismoris deux batteries de canon & deux de mortier, pour battre l'entrée du port.

La 6e. *nuit, du* 18. *au* 19. on forma dans les dunes en avant de la batterie de la gauche, un cavalier pour plonger dans l'avant chemin couvert; nos batteries eurent tout le fuccés poffible; le feu des affiegés commença à fe ralentir; Une batterie de mortier à la pointe des dunes de Lismoris coula à fond un vaiffeau chargé des chevaux de la garnifon que le Gouverneur vouloit fauver.

La 7e. *nuit, du* 19. *au* 20. nos fappeurs debouchérent fur la gauche & fe portérent par trois zigzags jusqu'à 50. toifes de l'avant chemin couvert & delà tirérent une troifiéme demi parallélle dont la droite fut apuiée à la lunétte de Nieuport, & la gauche fut terminée par un cavalier qui plongeoit dans l'avant chemin couvert, ce qui le fit abandonner tout de fuite par l'ennemi; au deuzieme zigzag de communication on établit une batterie de 4. mortiers.

La 8e. *nuit, du* 20. *au* 21. on conftruifit deux batteries de canon à la droite de la troifiéme parallélle, & une à la gauche; nous aprochâmes par deux zigzags jusqu'à 40. toifes du faillant du chemin couvert du baftion gauche.

E

La

La 9ᵉ. *nuit*, *du* 21. *au* 22. par un nouveau zigzag ajouté aux deux de la nuit precedente, on porta la fappe de la gauche jusqu'au faillant du chemin couvert.

La 10ᵉ. *nuit*, *du* 22. *au* 23. Nous attaquâmes le chemin couvert dans le faillant de la gauche; les affiégés animés par la prefence de leur Gouverneur, ne fe retirérent qu'apres une vive & longue refiftance; la perte des deux côtés fut confiderable, la nôtre furpaffa la leur ; Le matin M. LE COMTE DE CHANCLOS fit arborer le drapeau blanc & les ôttages furent envoiés de part & d'autre.

Le 24. *au matin*, les articles de la capitulation furent reglés; la garnifon obtint tous les honneurs de la guerre, & devoit être efcortée jusqu'a Sᵗ. Guilain ; *à* 4. *heures aprés midy*, la porte de Gand nous fut remife.

Le 27. Sortit la garnifon; elle confiftoit en cinq bataillons Anglois, un bataillon Hollandois, deux compagnies Autrichiennes, & deux cent & neuf canoniérs.

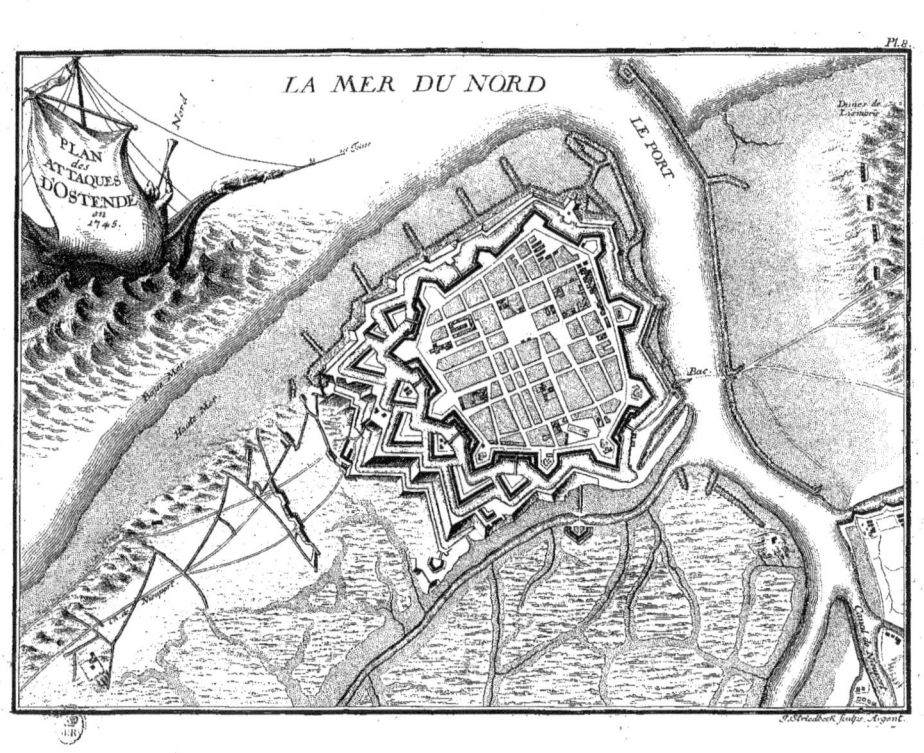

LA MER DU NORD

PLAN
des
AT-TAQUES
D'OSTENDE
en
1745.

LE PORT

Pl.8.

JOURNAL

du

Siege de Nieuport,

commandé par

M. LE COMTE DE LÖWENDAL,

en 1745.

LE 28. *Août*, Quelques compagnies de grenadiers, & quelques piquets de dragons occupérent les avenues de cette place.

Le 30. le reste des troupes destinées pour le siege arriva; M. de Löwendal fut reconnoître la place, & détermina deux attaques; la principale à la droite de l'inondation du Wirwout, l'autre à la gauche de cette inondation.

La

La nuit du 31. *Août au* 1. *Septembre* , on ouvrit la tranchée aux deux attaques ; on fit A LA DROITE une parallélle à laquelle on communiqua par trois grands zigzags ; de la gauche de cette parallélle on pouſſa un grand boïau ſur la droite. A LA GAUCHE , on tira une demi parallélle , à laquelle on communiqua par ſix zigzags ; à la gauche de cette parallélle on établit une batterie de canon & une autre de mortier pour battre le fort Wirwout , & on conſtruiſit une ſeconde batterie de mortier à la gauche du quatrieme zigzag que l'on prolongea pour cet effet.

La grande attaque fut commandée par un Marechal de Camp, & celle du Fort par un Colonel.

La 2de. *nuit, du* 1. *au* 2. A LA DROITE on tira une ſeconde parallélle à l'extremité du travail de la nuit précédente ; on commença à travailler aux batteries que l'on vouloit établir en avant, & ſous la protection de cette parallélle. A LA GAUCHE on deboucha de la droite de la demi parallélle & l'on pouſſa un boiau ſur la gauche.

La 3e. *nuit, du* 2. *au* 3. A LA DROITE on mit dix huit pieces de canon & vint deux mortiers en batteries ; A LA GAUCHE on s'aprocha du fort Wirwout par ſept branches de zigzags.

La 4e. *nuit, du* 3. *au* 4. A LA DROITE , on déboucha en trois endroits de la ſeconde parallélle : à la gauche par cinq zigzags ; au centre par deux ; & à la droite par trois. A LA GAUCHE , le fort Wirwout aiant été abandonné, nous nous en emparames & la communication fut établie tout de ſuite.

La 5e. *nuit, du* 4. *au* 5. A LA GAUCHE , nous pouſſames une ſappe debout avec des traverſes ſur le fort de l'Ecluſe, & au bout de ce travail nous fimes un crochet ; on travailla à l'etabliſſement d'une batterie de 5. canons , & d'une autre de 4. mortiers ſur le chemin couvert du fort de Wirwout, pour battre celuy de l'Ecluſe.

Le 5. *au matin* M. DE GIPSON Gouverneur, fit battre la chamade, & planter le drapeau blanc ſur le fort de l'Ecluſe. Il ſe rendit priſonnier de guerre avec ſa garniſon.

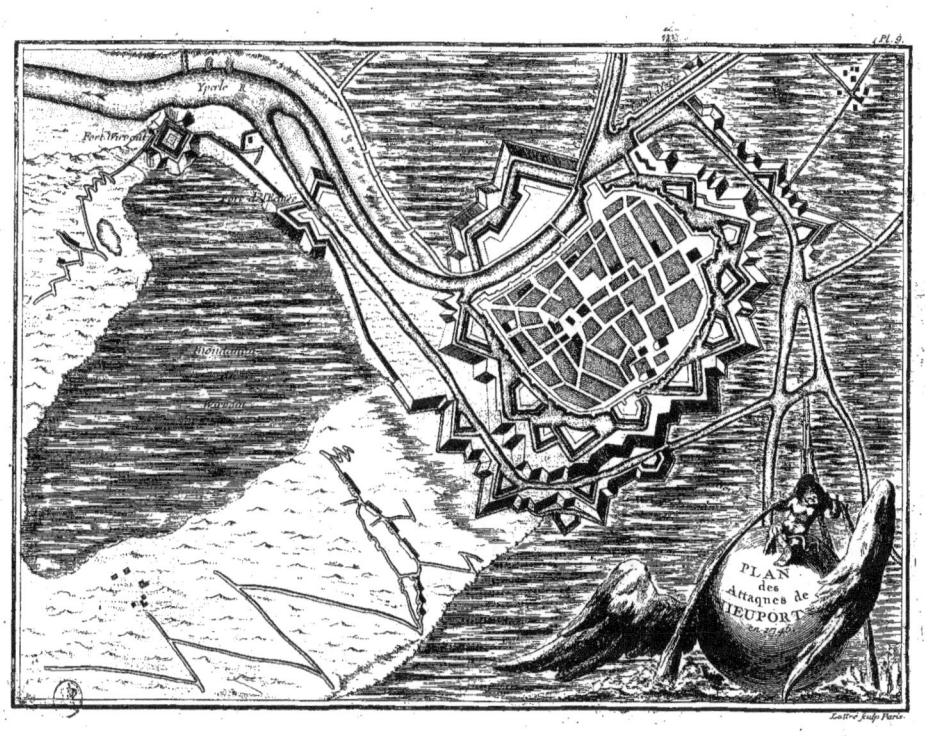

PLAN
des
Attaques de
NIEUPORT

JOURNAL
du
Siege d'Ath,
commandé par
M. LE COMTE DE CLERMONT-GALLERANDE,
en 1745.

LE 26. *Septembre au soir,* cette place fut entiérement inveſtie tant par l'ancien corps de M. de Clermont-Gallerande, que par le renfort qu'il reçut de la grande armée; le tout conſiſtoit en trente & un bataillons, vint huit eſcadrons de cavalerie, cinq eſcadrons de dragons, & les graſſins.

La

La nuit du 1. *au* 2. *Octobre*, on commença quelques travaux fur la hauteur à la gauche de la haute Dendre, pour attirer de ce côté là l'attention des affiegés.

La nuit du 2. *au* 3. on ouvrit la tranchée à la droite de la haute Dendre ; on fit une parallélle dont la gauche fut apuiée à cette riviere & la droite au ruiffeau ; on communiqua à cette parallélle, à la gauche par trois zigzags, & à la droite par un feul boiau ; La tranchée fut commandée par un Marechal de Camp avec un Brigadier.

La 2de *nuit du* 3. *au* 4. A LA DROITE de la Dendre, on deboucha en deux endroits de la parallélle, à droite fur la capitale de la demi lune des côffres, & à gauche fur la capitale du tenaillon droit de la demi lune voifine. A LA GAUCHE de la Dendre, on ajouta quelques boiaux au travail de la penultiéme nuit, & on établit fur la hauteur deux batteries de canon pour battre à ricochet le front d'attaque.

La 3e. *nuit*, *du* 4. *au* 5. A LA DROITE on travailla à l'établiffement de trois batteries de canon & une de mortier à la droite de la parallélle & à celuy de deux batteries de canon & une de mortier en avant de la gauche. A LA GAUCHE, on établit une batterie de mortier entre les deux de canons conftruites la nuit précedente.

La 4e. *nuit*, *du* 5. *au* 6. on pouffa les deux fappes jusqu'aux faillants du chemin couvert ; les batteries conftruites la nuit precedente reçurent leurs piéces & commençérent à tirer.

La 5e. *nuit*, *du* 6. *au* 7. on commença la feconde parallélle entre les têtes des fappes ; à la droite on travailla à la defcente & au paffage du foffé de la lunétte fur la capitale de la demi lune ; à la gauche, on commença le couronnement du faillant du chemin couvert du tenaillon droit, & on éleva un cavalier pour plonger dans les places d'armes ; Il fe mit quelque defordre parmi nos travailleurs fur un bruit repandu que le terrein etoit miné, mais revenus de cette terreur panique, ils fe raffemblérent peu de tems áprés.

Dans le jour M. le Duc de Cumberland aiant parû vouloir fecourir cette place, M. le Marechal de Saxe fit les difpofitions neceffaires pour l'en empecher.

La 6e. *nuit*, *du* 7. *au* 8. on joignit les extremités de la feconde
parallélle ;

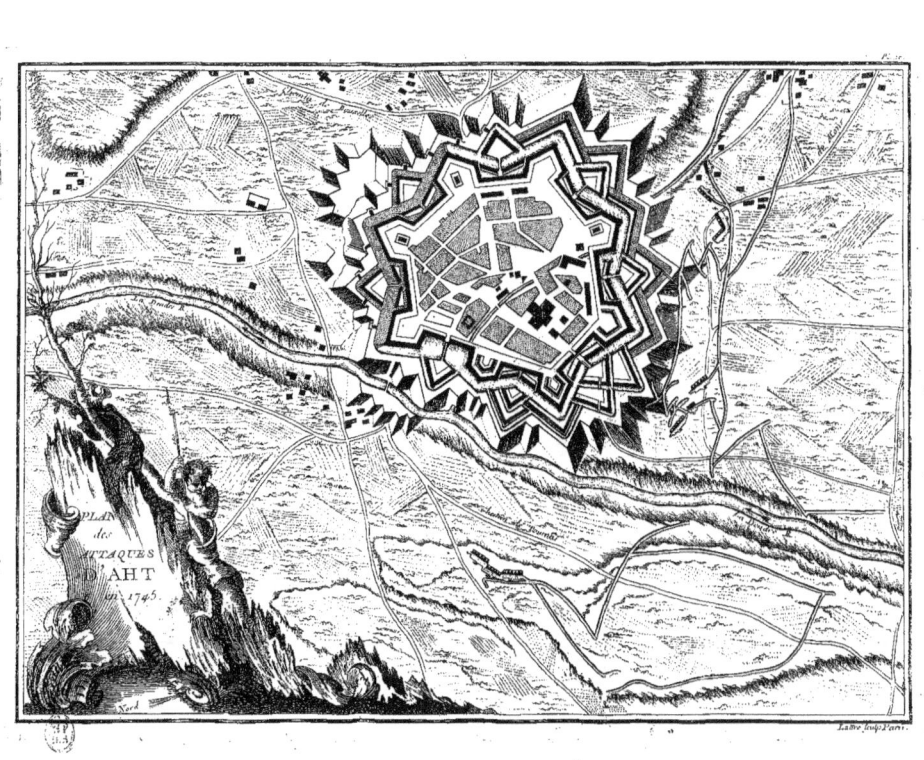

PLAN des TTAQUES D'AHT en 1745.

parallélle; à la droite on perfectionna le pont de faſcines; & à la gauche on acheva le couronnement. *Le matin*, M. de Cler-mont-Gallerande aiant fait ſommer le Commandant de ſe rendre, les hoſtillités ceſſérent, mais celuy cy aiant rejétté les propoſitions qu'on luy faiſoit, les ſignaux de recommençer furent donnés de part & d'autre *à trois heures apres midy;* nous fimes battre le rappel deux fois dans la tranchée & les aſſiégés y repondirent par une decharge generale de tous leurs canons.

La 7ᵉ. *nuit, du* 8. *au* 9. les aſſiegés abandonnérent le chemin couvert; s'étant retirés auſſi de la lunette en avant de la demi lune des Coffres, nous nous y logeames ſur le champ; *A onze heures du matin* M. LE COMTE DE WURMBRAND Gouverneur fit arborer le drapeau blanc ſur le baſtion gauche; la garniſon obtint tous les honneurs de la guerre.

Le 11. la garniſon ſortit, & prit la route de Bruxelles; elle etoit compoſée de 1200. hommes tant Autrichiens, qu'Anglois & Hollandois.

JOURNAL
du
Siege de Bruxelles,
commandé par
M. LE MARECHAL DE SAXE,
en 1746.

L E 28. *Janvier*, toutes les troupes deftinées à faire ce fiége par-
tirent de leurs quartiers pour fe porter fur la Senne au deffus
& au deffous de cette place ; La pluspart cantonnérent ce jour la
dans les villes & villages voifins de la Dendre & ne fe rendirent
que le lendemain aux pôftes qui leur avoient été marqués.

F.

Le

Le 29. & les suivants, on s'empara de tous les pôstes occupés par les Ennemis sur le canal de Wilworde; on ocupa Malines, & Louvain ; & l'on prit dans Wilworde un detachement de deux cent cinquante hommes qui le gardoit.

La nuit du 7. au 8. Fevrier, on ouvrit la tranchée vis à vis l'ouvrage à corne de Sckarbeck: on fit une parallélle à cent toises dés saillants de cet ouvrage; on communiqua à cette parallélle par un grand boiau à la gauche & par sept branches de zigzags à la droite. La tranchée fut montée par un Maréchal de Camp aiant sous ses ordres huit bataillons & huit piquets de dragons.

La 2de. nuit, *du 8. au 9.* on fit la seconde parallélle à sappe volante ; on communiqua à cette parallélle par un boiau à la droite de la chaussée.

La 3e. nuit, *du 9. au 10.* on prolongea de droite & de gauche la seconde parallélle; & on établit une batterie de canon en avant du centre qui commença à tirer le matin.

La 4e. nuit, *du 10. au 11.* on fit une nouvelle communication sur la gauche à la seconde parallélle; on se porta au centre par deux zigzags jusqu'a quarante toises du saillant du centre; on s'aprocha à droite jusqu'a vint-cinq toises du saillant droit.

La 5e. nuit, *du 11. au 12.* on ouvrit un nouveau debouché à la gauche & l'on s'y porta par deux zigzags jusqu'a vingt-cinq toises du saillant gauche; on prolongea d'un zigzag le debouché du centre ; nos travailleurs aiant été interrompus par deux petites sorties que les ennemis firent sur la tête de nôtre sappe du centre, & par la quantité de grénades qu'ils jettérent sur celle de la gauche, on continua cet ouvrage dans le jour à sappe pleine; on etablit dans la seconde parallélle deux batteries de mortier & une de canon, qui commencèrent à tirer le matin.

La 6e. nuit, *du 12. au 13.* on tira la troisiéme parallélle entre la tête des sappes ; & on etablit quatre cavaliers pour plonger dans le chemin couvert, deux au centre, & un à chaque extremité de cette parallélle.

La 7e. nuit, *du 13. au 14.* on couronna le saillant du centre; on poussa sur la droite deux zigzags pour gagner la tête du saillant droit qui fut aussi couronné ; ces travaux furent continués dans le jour à sappe pleine; Les ennemis abandonnérent le chemin couvert à l'exception des branches de la corne.

La

La 8ᵉ. *nuit, du* 14. *au* 15. on acheva le couronnement entre les faillants du centre & de la droite ; on fe logea dans la place d'armes faillante du centre ; on pouffa à la gauche deux zigzags pour gagner la crête du faillant gauche dont on couronna la partie droite.

La 9ᵉ. *nuit, du* 15. *au* 16. on continua le couronnement de la gauche ; on fe logea dans la place d'armes du faillant droit ; on établit cinq batteries fur la crête du chemin couvert pour battre les deux faces & les deux flancs de la corne, ainfi que le vieux mur de la ville aux deux côtés de la demi lune de la droite ; *Dans le jour*, on établit encor dans le couronnement trois batteries de mortier pour inquieter l'ennemi dans l'ouvrage à corne.

La 10ᵉ. *nuit, du* 16. *au* 17. on commença la defçente du foffé fur la prolongation des faces de la demi lune ; on acheva le couronnement de la gauche ; on établit une nouvelle batterie fur la crête du chemin couvert pour battre en brêche le vieux mur de la ville aux deux côtés de la demi lune de la gauche.

La 11ᵉ. *nuit, du* 17. *au* 18. on élargit la troifiéme parallélle, le couronnement & les defçentes du foffé.

La 12ᵉ. *nuit, du* 18. *au* 19. on fe logea fur l'angle de la demi lune abandonnée par les ennemis ; & l'on fit des épaulements à travers le foffé pour communiquer de ce logement à celuy de la place d'armes & au couronnement.

La 13ᵉ. *nuit, du* 19. *au* 20. on fit une tentative fur l'ouvrage à corne : un Sergent & dix grenadiers à la droite & autant à la gauche, montérent par les brêches & s'etablirent fur leur fommet ; l'ennemi les ayant apperçû & étant venu pour les chaffer, nos gens au lieu de fe retirer tout de fuite, comme il leur avoit été ordonné, fautérent dans les deux demi baftions & criérent VIVE LE ROY ; à l'inftant les huit compagnies de grenadiers qui etoient dans le foffé montérent avec rapidité de droite & de gauche par les brêches & repoufférent l'ennemi jusqu'au chemin couvert de la place ; mais celuy ci etant revenu peu de tems aprés en force, fit plier d'abord notre droite & l'obligea de fe retirer, ce que voiant la gauche, elle fe retira auffi, & le tout rentra dans les tranchées à l'exception de cent-cinquante grenadiers & huit Officiers tant tués que bleffés qui reftérent fur la place ;

F 2

L'ennemi

L'ennemi aprés avoir fait un feu terrible de l'ouvrage à corne fit rappeller, & demanda à capituler.

Le 20. La capitulation fut fignée par M. LE COMTE DE CAUNITZ pour les Autrichiens & pour la ville, & par M. VAN DER DUYN pour les troupes Hollandoifes qui etoient dans la place; toute la garnifon fut faite prifonniere de guerre. *Le foir* nous primes poffeffion de la porte de Flandres.

Les 25. 26. 27. & 28. La garnifon fortit en quatre divifions; elle confiftoit en dix-huit bataillons Hollandois dont neuf Suiffes, & en huit efcadrons dont cinq Hollandois & trois Autrichiens; outre dix-fept Officiers Generaux Autrichiens : fcavoir un Feld-Marechal, trois Generaux, cinq Lieutenants-Generaux, fept Generaux-Majors, & un Colonel d'Ingenieur; tous ces meffieurs furent renvoiés fur leur parole; les troupes Autrichiennes furent échangées, mais les troupes Hollandoifes furent conduites dans les provinces reculées du Roiaume.

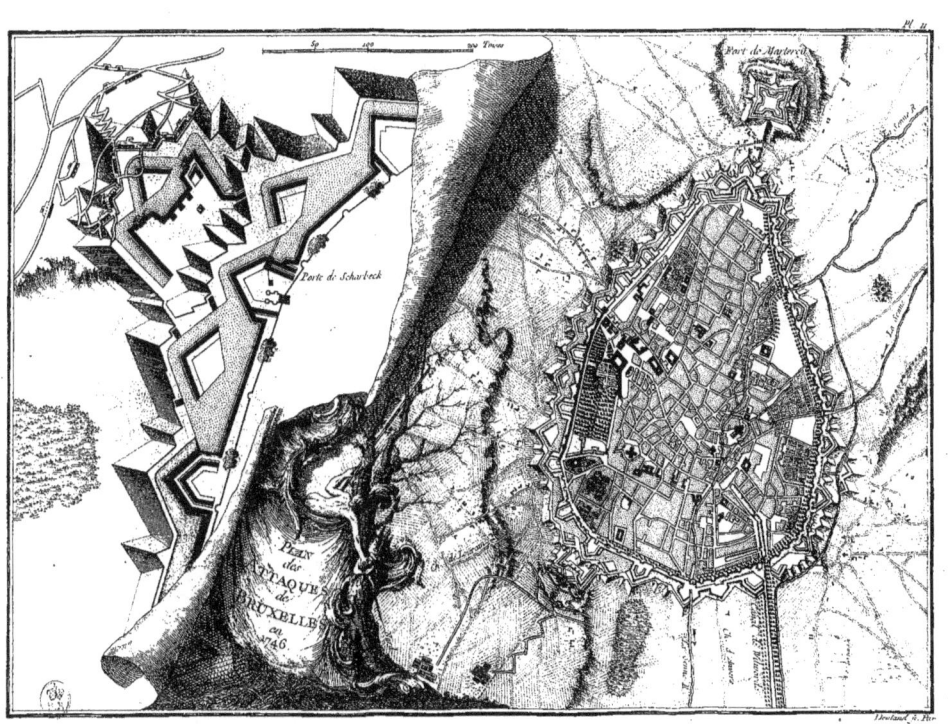

Pl. II.

Porte de Schaerbeck

Port de Marterr

Plan des ATTAQUES de BRUXELLES en 1746.

JOURNAL

du

Siege de la Citadélle d'Anvers,

commandé par

S. A. S. M. LE COMTE DE CLERMONT,

en 1746.

LE 19. *May*, les Magiſtrats d'Anvers vinrent rendre compte au Roy que les ennemis avoient abandonné la ville, & qu'ils avoient laiſſé une garniſon de ſeize cent hommes dans la citadélle.

Le

Le 20. M. le Marquis de Brézé fut detaché de la grande armée avec un corps de troupes pour aller prendre pôfte dans la ville, & occuper les avenues de la citadélle; les forts d'Ofterwelt & de S^t. Philipe fur le bas Efcaut, ou les Ennemis n'avoient laiffé que fort peu de monde, fe rendirent à la première fommation.

Le 21. Le refte dés troupes deftinées à faire ce fiege arriva; le tout confiftoit en 28. bataillons, & 16. efcadrons de cavalerie.

Le 22. M. le Maréchal de Saxe fût avec M. le Comte d'Argenfon Miniftre de la guerre, reconnoître la partie de la citadélle qu'on fe propofoit d'attaquer.

La nuit du 25. *au* 26. on ouvrit la tranchée fous la protection d'onze compagnies de grenadiers & de trois bataillons commandés par un Maréchal de Camp; on fit une parallélle dont la droite fut apuiée au chemin couvert de la porte S^t. Jory, & dont la gauche deborda le baftion gauche de l'attaque & fut terminée par une redoute; on communiqua à cêtte parallélle, au centre par quatre grands zigzags, & à la droite par la porte S^t. Jory; nos travailleurs furent placés fur le terrein à dix heures & enterrés à minuit; ils effuiérent fort peu de féu de la place.

La 2de. *nuit, du* 26. *au* 27. on tira une feconde parallélle dont la droite fut apuiée au faillant de la communication gauche, & dont la gauche termina au centre de la première parallélle; on communiqua de l'une à l'autre par deux zigzags; on établit deux batteries de mortier & une de canon à la gauche de la première parallélle; on en conftruifit une autre de canon à la droite de la feconde parallélle; Les ennemis firent un feu de moufqueterie affez fuivi.

La 3e. *nuit, du* 27. *au* 28. on pouffa le long du glácis de la communication gauche, quatre zigzags; on en pouffa trois fur la capitale du baftion droit; trois fur celle de la demi lune; & deux fur celle du baftion gauche, dont le fecond fut prolongé pour couvrir & envelloper la rédoute; on conftruifit une nouvelle batterie de canon à la gauche de la feconde parallélle. Le feu de l'artillerie ennemie fur nos quatre batteries fut tres vif & bien dirigé.

La 4e. *nuit, du* 28. *au* 29. on prolongea la fappe de la droite de deux zigzags; célle fur le baftion droit, de trois; celle fur la demi lune, de deux; & celle fur le baftion gauche, auffi de deux; on établit une nouvelle batterie de canon à peu prés au centre de
la

Pl. 12.

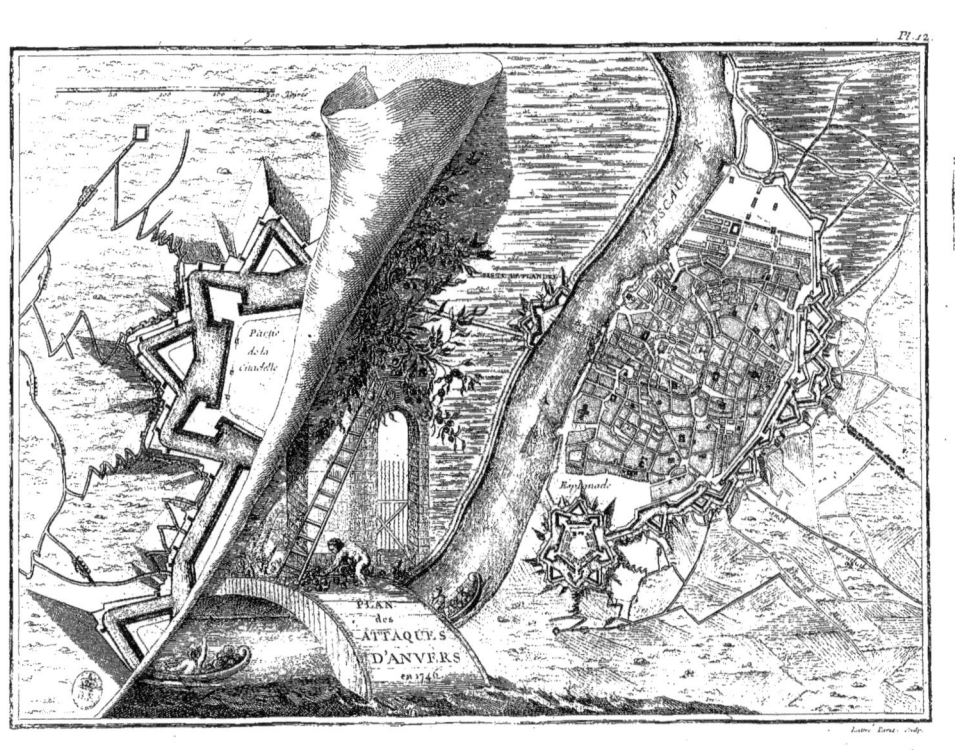

PLAN
des
ATTAQUES
D'ANVERS
en 1746.

la feconde parallélle, avec deux obus ; & une de mortier à la tête de la fappe de la droite. Le feu de la place commença à diminuer.

La 5e. *nuit, du* 29. *au* 30. Nos quatre fappes furent portées jusqu'aux paliffades ; Nos batteries ralentirent extrémement l'ardeur de célles dés ennemis qui ne fe firent presque plus entendre.

La 6e. *nuit, du* 30. *au* 31. les ennemis aiant abandonné le chemin couvert, on en commença tout de fuite le couronnement qui ne pût étre achevé que dans le jour, à fappe pleine, à caufe d'un feu des plus vifs qu'éffuiérent nos travailleurs de nuit, provenant de la demi lune & des baftions ; Nous nous difpofions à établir trois batteries pour battre en bréche, lorsque M. DE PIZA, Gouverneur fit arborer le drapeau blanc.

Le 1er. *Juin,* la capitulation fut fignée ; la garnifon obtint les honneurs de la guerre.

JOURNAL

du

Siege de Mons,

commandé par

S. A. S. M. LE PRINCE DE CONTI,

en 1746.

Le 7. *Juin*, la place fut investie d'un côté par M. le Duc de Boufflers avec 16. bataillons & 24. escadrons ; & de l'autre par M. le Comte d'Estrées avec 30. bataillons. On travailla tout de suite aux ponts de communication entre les quartiers.

G

Le

Le 10. *au soir* , le poste qui gardoit la première redoute de Nimy se rendit , contraint par les dispositions que nous faisions pour le forçer , & affoibli par le feu de deux batteries qui tiroient depuis deux jours sur la ditte redoute.

La nuit du 11. *au* 12. & *la suivante* , on construisit en avant du bois sur la rive droite de la haute Haine , deux batteries pour battre le petit ouvrage à corne situé sur cette riviere.

Le 15. & *les suivants* , en attendant la grosse artillerie dont les mauvais tems retardoient l'arrivée , on s'occupa à couper quelques digues qui soutenoient les inondations du premiér étage ; On continua les aprovisionnements & les reconnoissances ; & on determina deux attaques , l'une sur le front de Bertamont , l'autre sur celuy de Nimy.

La nuit du 24. *au* 25. on ouvrit la tranchée aux deux attaques : à celle de BERTAMONT , trois mille travailleurs tirérent une parallélle dont la droite fut apuiée au chemin de Maubeuge , & la gauche à l'inondation de Quesme ; on communiqua à cette parallélle par quatre zigzags à la droite , & trois à la gauche. Tout ce travail se fit assez tranquillement , les ennemis n'aiant fait qu'un feu de canon.

A l'ATTAQUE DE NIMY , deux mille cinq cent travailleurs firent une parallélle d'environ deux cent soixante toises , dont la droite fut apuiée à la capitale du demi-bastion gauche de l'ouvrage à corne ; on communiqua au centre de cette parallélle par six branches de zigzags ; on établit en avant du premier zigzag une batterie de canon , & une autre dans le prolongement du second ; Les ennemis aiant abandonné la seconde redoute de Nimy , nous nous y logeames tout de suite. Nos travailleurs aiant eté aperçus de bonne heure , essuiérent un feu de mousqueterie des plus vifs , ce qui causa quelque desordre parmy eux & parmy ceux qui les soutenoient , & retarda la besogne que l'on s'etoit dabord proposé de faire.

La garde de tranchée fut montée *à l'attaque de Bertamont* par un Lieutenant-General , un Maréchal de Camp , & un Brigadier , avec quatre bataillons , six compagnies de grenadiers auxiliaires & deux piquets de dragons ; Celle à *l'attaque de Nimy* , fut montée par un Lieutenant-General , & un Marechal de Camp

avec

avec trois bataillons, fix compagnies de grenadiers & un piquet de dragons.

La 2de. *nuit*, *du 25. au 26.* à l'ATTAQUE DE BERTAMONT, on porta la droite de la parallélle jusqu'au village d'Hion ; on établit en avant de ce village une redoute & deux batteries de canon pour contenir & pour battre l'ouvrage du moulin S^t. Pierre ; on travailla auffi le long de la parallélle à neuf batteries de canon & à trois de mortier ; & l'on fit un nouveau debouché à chacune des deux communications.

A l'ATTAQUE DE NIMY, on prolongea de quatre vint toifes la gauche de la parallélle, & on fit à cette partie une nouvelle communication confiftant en fix branches de zigzags ; du quatrieme zigzag de la communication de la droite, on commença une ligne dirigée vers la chauffée de Bruxelles; on établit deux batteries de canon & quatre de mortier le long de la parallélle; Les ennemis aiant auffi abandonné la troifieme redoute de Nimy, nous nous y établimes tout de fuite.

La 3e. *nuit*, *du 26. au 27.* à l'ATTAQUE DE BERTAMONT, on deboucha en deux endroits de la parallélle : on pouffa à la droite douze zigzags fur la capitale de la redoute à la droite de l'ouvrage à corne; on porta à la gauche une fappe jusques fur le bord de l'inondation, d'ou l'on fe retourna fur la droite pour faire la gauche de la feconde parallélle ; aux deux extremités de ce travail on établit deux batteries, l'une de mortier & l'autre de canon.

A l'ATTAQUE DE NIMY, on deboucha en deux endroits de la droite de la parallélle, d'un côté par quatre zigzags, & de l'autre par trois.

La 4e. *nuit*, *du 27. au 28.* à l'ATTAQUE DE BERTAMONT on prolongea de fept zigzags le debouché de la droite & delà on fe retourna fur la gauche pour achever la feconde parallélle, au centre de laquelle on établit une nouvelle batterie de mortier.

A l'ATTAQUE DE NIMY, on tira entre la tête des deux fappes la gauche de la feconde parallélle, on prolongea de cinquante toifes la droite de la premiere, & de ce prolongement on commença une nouvelle communication en arriere de trois zigzags; on porta jusqu'à la chauffée de Bruxelles la ligne partant du quatriéme zigzag de la communication du centre. Nous nous emparâmes de l'ouvrage à corne de la Haine abandonné par les ennemis à notre

G 2

aproche,

aproche, & nous primes vint hommes dans la redoute Frifon à la droite de cet ouvrage.

La 5ᵉ. *nuit*, *du* 28. *au* 29. à l'ATTAQUE DE BERTAMONT on deboucha de la feconde parallélle : à la droite par huit zigzags dirigés fur la capitale du demi-baftion droit ; & à la gauche par autant de zigzags dirigés fur la capitale de la demi-lune ; on etablit en avant de la droite de la première parallélle deux nouvelles batteries de canon avec leur communication ; Le pofte du Moulin Sᵗ. Pierre fort maltraité par nos batteries fe rendit & nous nous etablimes dans l'ouvrage.

A l'ATTAQUE DE NIMY, on prolongea de foixante & dix toifes la droite de la feconde parallélle, & on établit dans cette prolongation deux nouvelles batteries de mortier ; on prolongea de quatre vint toifes la ligne partant du quatrieme zigzag de la communication du centre ; On fit trois coupures à la digue de Nimy pour faigner l'inondation de cette partie.

La 6ᵉ. *nuit*, *du* 29. *au* 30. à l'ATTAQUE DE BERTAMONT on prolongea la fappe de la droite de quatre zigzags, & de fix celle de gauche ; & de la tête de ces deux fappes on commença la troifiéme parallélle, dont il refta au centre un intervale de quarante toifes.

A l'ATTAQUE DE NIMY, on prolongea encore de vint-cinq toifes la droite de la feconde parallélle ; de laquelle droite on deboucha en deux endroits : favoir par cinq zigzags dirigés fur la capitale de la place d'armes rentrante de la gauche ; & par trois zigzags dirigés fur la fleche apuiée au chemin couvert de la branche gauche ; Vers la droite de la ligne partant du quatrieme zigzag de la communication du centre, on commença fur la capitale de la demi lune un debouché de cinq zigzags.

La 7ᵉ. *nuit du* 30. *Juin*, *au* 1. *Juillet*, à l'ATTAQUE DE BERTAMONT, on joignit les deux bouts de la troifieme parallélle, de laquelle on deboucha en trois endroits : à droite par fix zigzags dirigés fur le faillant droit ; au centre par cinq, dirigés fur le faillant de la demi-lune ; & à gauche par fept, dirigés fur le prolongement de la branche gauche de la corne.

A l'ATTAQUE DE NIMY, on tira à my-glacis la troifiéme parallélle, qui deborda le faillant du centre & apuia au faillant gauche ; nos mineurs ouvrirent dans cette parallélle trois puits pour fouiller le terrein.

La

La 8e. *nuit, du* I. *au* 2. à l'ATTAQUE DE BERTAMONT, on prolongea les trois fappes partans de la troifieme parallélle : celle de la droite, de quatre zigzags; celle du centre, de trois; & celle de la gauche, de cinq; aprés quoy on tira la quatriéme parallélle qui debordoit le front de l'ouvrage à corne.

A l'ATTAQUE DE NIMY, on couronna toute la partie du chemin couvert du faillant gauche à celuy du centre.

La 9e. *nuit, du* 2. *au* 3. à l'ATTAQUE DE BERTAMONT, fix compagnies de grenadiers debouchérent de la quatrieme parallélle fur les trois faillants, attaquérent le chemin couvert & en delogérent l'ennemi; Nos mineurs fouillérent tout de fuite le terrein & arrachérent les fauciffons des mines chargées, aprés quoy on fit le couronnement du chemin couvert depuis le faillant de la droite jufqu'à celuy de la gauche.

A l'ATTAQUE DE NIMY, on prolongea le couronnement de droite & de gauche ; on etablit fur la crête du chemin couvert deux batteries pour battre en brêche le demi baftion gauche & la demi lune, & l'on fit de nouvelles communications derriere ces batteries.

La 10e. *nuit, du* 3. *au* 4. à l'ATTAQUE DE BERTAMONT on fe logea dans les trois places d'armes faillantes, & on commença les defcentes du foffé; on etablit à la droite de la quatriéme parallélle une batterie de canon; & à la gauche, une de mortier.

A l'ATTAQUE DE NIMY, on couronna la place d'armes rentrante de la droite.

La 11e. *nuit, du* 4. *au* 5. à l'ATTAQUE DE BERTAMONT, on établit trois batteries pour battre en brêche les deux demi-baftions & la demi-lune; à coté des deux premieres on conftruifit deux batteries de mortier; on pouffa une fappe le long du terreplein du chemin couvert de la branche gauche, & on la porta jufqu'à la deuxiéme traverfe ; on commença à travailler aux trois ponts devant les demi-baftions & la demi-lune.

A l'ATTAQUE DE NIMY, on travailla aux defcentes du foffé & aux deux ponts ; on emporta la lunette revetue fituée dans la place d'armes faillante de la gauche ; & on établit fur la flêche apuiée à la branche gauche du chemin couvert, une batterie de canon pour battre la porte de Bruxelles.

La 12e. *nuit, du* 5. *au* 6. à l'ATTAQUE DE BERTAMONT on prolongea

G 3

longea la fappe le long de la branche gauche du chemin couvert, jufqu'à l'extremité de cette branche, d'ou l'on fit un retour fur la gauche à travers le glacis.

A l'ATTAQUE DE NIMY, on fe logea fur l'angle de la demi-lune; on entra dans l'ouvrage à corne par la brêche de la gauche, & on s'y logea paralléllement aux faces, aux flancs & à la courtine; & de la gauche de ce logement on porta une fappe de quinze toifes le long de la branche.

La 13ᵉ. *nuit, du* 6. *au* 7. à l'ATTAQUE DE BERTAMONT, on fe logea dans la demi-lune, d'ou l'on établit une communication avec la poterne au milieu de la courtine.

A l'ATTAQUE DE NIMY, on fe porta le long du terreplein du chemin couvert de la branche gauche jufqu'à la feconde traverfe; on pouffa le long du glacis de cette branche une autre fappe d'environ trente toifes.

La 14ᵉ. *nuit, du* 7. *au* 8. à l'ATTAQUE DE BERTAMONT, on monta dans l'ouvrage à corne par les deux brêches & par la poterne; de la brêche du demi-baftion droit, on pouffa une fappe de fept zigzags le long de la branche, après quoi on tira vers la gauche une ligne paralléle au foffé; on communiqua auffi à cette paralléle du milieu de la courtine par une double fappe avec traverfes; on commença une troifiéme communication de la brêche du demi baftion gauche, que le grand feu de la place empecha d'achever; on fit une coupure à la digue au devant de la branche droite de la corne, pour faire écouler les eaux du foffé dans la prairie.

A l'ATTAQUE DE NIMY, on prolongea la fappe le long de la branche gauche de l'ouvrage à corne, de trente toifes; on prolongea auffi celle le long du terreplein du chemin couvert de cette partie jufqu'à la place d'armes ou l'on fe logea.

La 15ᵉ. *nuit, du* 8. *au* 9. à l'ATTAQUE DE BERTAMONT on élargit la derniere paralléle; on fit la defcente & le paffage du foffé fur la partie gauche du glacis coupé au delà de l'ouvrage à corne; on etablit dans cet ouvrage deux batteries de canon & une de mortier; on conftruifit une troifieme batterie de canon à l'extremité de la place d'armes du faillant droit; & on fit une coupure à la digue qui apuioit à l'extremité de la branche gauche du chemin couvert, pour faire écouler les eaux de l'avant foffé dans l'inondation de Quefme.

A

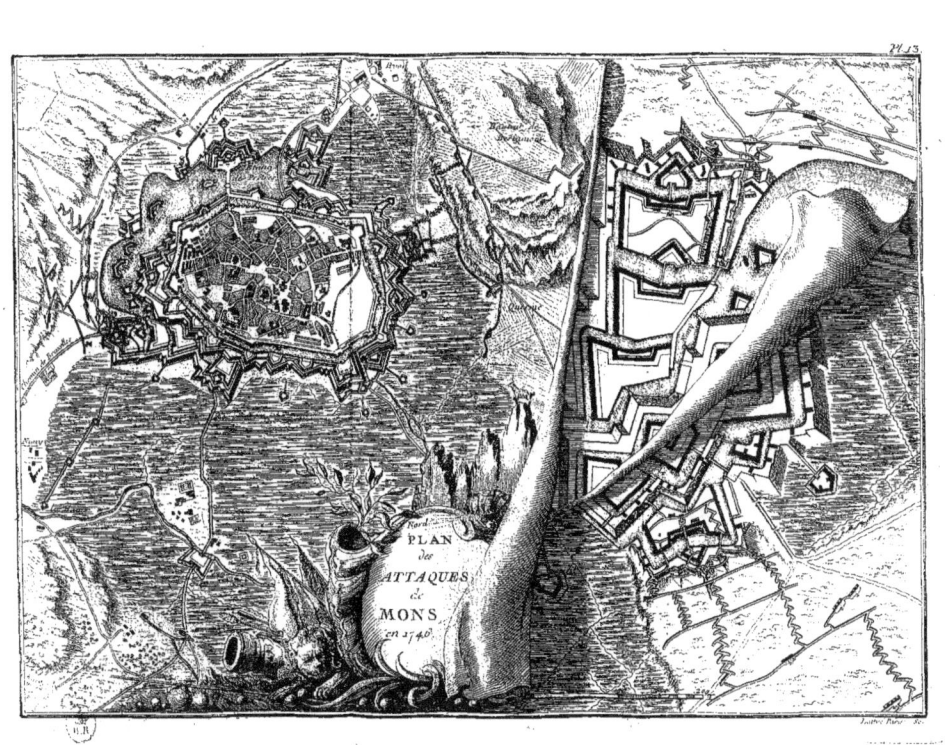

PLAN
des
ATTAQUES
de
MONS
en 1746.

A l'attaque de nimy, on établit dans l'ouvrage à corne trois batteries : favoir une à la gorge du demi-baftion gauche, pour battre la demi-lune du fecond ouvrage à corne; une autre apuiée à la gauche de la courtine, pour battre le demi-baftion gauche de cette corne; & une troifieme de mortier à la droite de la courtine; on établit auffi une batterie fur la place d'armes à l'extremité de la branche gauche du chemin couvert; on fit une coupure au pied de la troifieme traverfe de la branche droite du chemin couvert, pour faire écouler les eaux du foffé dans l'inondation de la droite.

La 16e. *nuit, du* 9. *au* 10. à l'attaque de bertamont, on fe porta fur le chemin couvert à glacis coupé, au delà de l'ouvrage à corne, & on en couronna toute la partie droite.

A l'attaque de nimy, on tira dans l'ouvrage à corne une ligne paralléle aux faces de la feconde demi-lune; on fit les defcentes du foffé devant cette demi-lune & le demi-baftion gauche.

Le drapeau blanc fut arboré *à* 3. *heures du matin* aux deux attaques, & les ôtages furent envoiés tout de fuite.

Le 11. *au matin* la capitulation fut fignée; la garnifon fe rendit prifonniére de guerre confervant neantmoins fes equipages; M. le prince de hesse-philipsthal etoit Gouverneur de la place, & avoit fous luy M. le Comte de Nava.

Suivant les bulletins, nous n'eûmes à ce fiege que 149. hommes tués, tant Officiers que foldats; & 588. bleffés.

JOURNAL

du

Siege de S^t. Guilain,

commandé par

M. LE MARQUIS DE LA FARE,

en 1746.

L E 14. *Juillet*, cette place fut inveſtie par un corps de 8. bataillons & 10. eſcadrons de dragons.

 La nuit du 15. *au* 16. on établit à la gauche de la chauſſée
d'Ath une batterie de deux mortiers pour inquieter l'ennemi dans

H la

la redoute de Boudou; on communiqua à cette batterie par des traverfes tournantes le long de la chauffée.

La nuit du 16. au 17. on établît une batterie de canon à côté de celle de mortier.

La nuit du 17. au 18. deux compagnies de grenadiers attaquérent de front cette redoute, pendant que deux autres compagnies fe mirent dans des bateaux pour l'aller prendre de revers; les ennemis voiant leur retraite coupée, fe rendirent apres fort peu de refiftance. On établît à la droite de la chauffée de Mons, une batterie de mortier & deux de canon; dont l'une fut deftinée à prendre de revers la tête de Hornu, & l'autre à prendre à dos & de revers les ouvrages avancés fur la baffe Haine; on tira derriere ces batteries une place d'armes, à laquelle on communiqua par trois zigzags.

La nuit du 18. au 19. on fit quelques coupures à la chauffée d'Ath, pour accelerer l'ecoulement de l'inondation fuperieure; l'attaque projetée de ce côté là fût reconnue impraticable. On fit à la rive droite de la baffe Haine plufieurs ponts fur des canaux dans les endroits ou notre tranchée devoit paffer.

La nuit du 19. au 20. on fit quelques ouvertures à la rive gauche de la haute Haine, pour faire ecouler une partie de fes eaux par l'inondation fuperieure.

La nuit du 21. au 22. on ouvrit la tranchée à la droite de la baffe Haine : on pouffa le long de cette riviere, en la remontant, dix & fept branches de zigzags que l'on termina par un crochet, dans lequel on parvint, *dans le jour*, à établir deux petits mortiers en batterie.

La 2de. nuit, *du 22. au 23.* on porta une fappe de fix zigzags jusques fur le bord de la flaque d'eau, en avant de l'ouvrage avancé de cette partie; *Dans le jour*, on raprocha les deux petits mortiers jusqu'à la tête de la fappe.

La 3e. nuit, *du 23. au 24.* on tira à droite une parallelle qui deborda la flaque d'eau; & on fit un debouché fur la gauche pour arriver à la premiére éftacade fur la digue; on transporta fur des bateaux joins enfemble deux pieces de trois, qui furent mifes en batterie tout de fuite; nos grenadiers pendant ce tems là travaillérent à couper l'éftacade avec leurs haches, apres quoy ils marchérent à l'ouvrage avancé & l'emportérent ; Nous nous

logea-

Pl. 24.

Etang

T. Eglise de Bouden

ATTAQUE

Lattré Sculp. Paris.

logeames le long de la berme & dans l'interieur de cet ouvrage.

La 4e. *nuit ,* *du* 24. *au* 25. on communiqua par des traverſes
tournantes , de la premiere parallelle à cet ouvrage , ſur lequel on
travailla à établir deux batteries de trois piéces chacune & une
de trois mortiers. *A midy* , les aſſiegés arborérent le drapeau
blanc.

Le 26. la capitulation fut ſignée ; la garniſon ſe rendit priſonniere de guerre avec les mêmes reſerves que celle de Mons.

Le 27. ſortit la garniſon , qui etoit un detachement de celle
que nous avions trouvé à Mons ; le Commandant de la place
s'apelloit M. DESPALAR.

JOURNAL

du

Siege de Charleroy,

commandé par

S. A. S. M. LE PRINCE DE CONTI,

en 1746.

LE 14. *Juillet*, cette place fut entierement inveſtie, d'un côté par M. le Comte de Segur , & de l'autre par M. le Comte de Lautrec.

Le 17. on traça les lignes de circonvalation , & vint-mille païſans commencérent à y travailler.

Le 22. le Prince vint camper autour de la plaçe avec le reſte

H 3

de

de fon armée, forte en tout, de 48. bataillons & 76. efcadrons; le quartier general fut établi à Marchiennes.

Le 23. on fit les reconnoiffances, & on determina trois attaques: une fur le front de la porte de *Bruxelles;* une autre fur le poligône vis-à-vis le village de *Montigny;* & une troifiéme fur la partie de la baffe ville qui faifoit face au village de *Marcinelles.*

Le 26. on commença l'approvifionnement des trois depots.

La nuit du 28. *au* 29. la tranchée fut ouverte aux trois attaques: à celle de MONTIGNY, on fit deux parallelles à peu de diftance l'une de l'autre; la premiere debordoit confiderablement la feconde à la gauche, & en etoit également debordée à la droite; on communiqua à la droite de la premiere parallelle par quatre zigzags, & delà à la gauche de la feconde par un feul boiau.

A l'ATTAQUE DE BRUXELLES, on fit une parallelle à laquelle on communiqua par quatre zigzags à la droite & par un feul boiau au centre.

A l'ATTAQUE DE MARCINELLES, on fit une parallelle, au centre de laquelle on communiqua par quatre zigzags.

La tranchée fut montée *au centre,* par un Lieutenant-General, un Marechal de Camp, 3. bataillons & 2. compagnies de grenadiers; *à la droite,* par un Lieutenant-General, un Marechal de Camp, un Brigadier, 2. bataillons & 4. compagnies de grenadiers auxiliaires; & *à la gauche,* par un Lieutenant-General, un Brigadier, un bataillon & 2. compagnies de grenadiers. Les jours fuivants il ne monta qu'un Marechal de Camp feul à la droite, & il n'en monta plus au centre.

La 2de. *nuit, du* 29. *au* 30. à l'ATTAQUE DE MONTIGNY, on perfectionna les deux parallelles; on prolongea la gauche de la feconde de foixante & quinze toifes; & on conftruifit fix batteries dont trois à la droite de la feconde parallelle, & trois au centre de la premiére.

A l'ATTAQUE DE BRUXELLES, on perfectionna les travaux de la nuit precedente; on prolongea de cinquante toifes la gauche de la parallelle, & de deux cent & vint toifes la communication de la droite; & on etablît deux batteries de mortier à la gauche.

A l'ATTAQUE DE MARCINELLES, on prolongea la gauche de la parallelle de cent & dix toifes, & on établît une batterie à chacune de fes extremités & à fon centre.

L*

La 3ᵉ. *nuit du* 30. *au* 31. à l'ATTAQUE DE MONTIGNY, on prolongea la gauche de la seconde parallelle jusqu'au saillant de la redoute, & delà on tira la droite de la troisieme parallelle; on fit aussi dans cette partie une nouvelle communication de la seconde à la première parallelle; Le mineur s'attacha au pied du glacis escarpé de la rédoute, & étoit deja enterré de dix-huit pieds, lorsqu'on s'aperçut que cet ouvrage etoit abandonné, on y entra & on s'y logea tout de suite; on occupa en même tems la gallerie souterraine qui communiquoit au saillant de la petite lunette de la gauche; & on établît à la gauche de la redoute une batterie de canon.

A l'ATTAQUE DE BRUXELLES, on prolongea encor de cent & dix toises la gauche de la parallelle, pour couvrir une batterie placée avantageusement derriere; on établît deux autres batteries de canon à la droite.

A l'ATTAQUE DE MARCINELLES, la redoute fut emportée l'épée à la main par trente volontaires qui y firent vint & huit prisonniers, on s'y logea & on communiqua avec la parallelle par une sappe debout avec des traverses tournantes; Dans l'incertitude si cette attaque reussiroit, on avoit commencé sur la droite une ligne qui devoit etre portée jusqu'a la chaussée à peu de distance de la redoute, pour la resserrer de plus prés.

La 4ᵉ. *nuit du* 31. *Juillet au* 1. *Août.* à l'ATTAQUE DE MONTIGNY, on fit la gauche & le centre de la troisieme parallelle & de son extremité droite on tira une ligne courbe qui pinçoit le saillant de la grande lunette du centre & venoit apuier à l'épaule de la redoute; on établît sur cette ligne deux batteries pour battre en breche; & on se logea dans la place d'armes saillante au devant de la petite lunette de la gauche.

A l'ATTAQUE DE BRUXELLES, on fit les communications derriere les deux batteries de la droite.

A l'ATTAQUE DE MARCINELLES, on tira en avant de la redoute une demi parallelle, à laquelle on communiqua par trois zigzags.

La 5ᵉ. *nuit du* 1. *au* 2. à l'ATTAQUE DE MONTIGNY, on fit une communication derriere les batteries destinées à battre en brêche; on prolongea la troisieme parallelle jusqu'a la Sambre, le long de laquelle on poussa une sappe debout avec des traverses tournantes; & on établît une nouvelle batterie de mortier derriere la droite de la troisiéme parallelle. *A la pointe du jour*, quinze grenadiers postés

dans

dans le logement du faillant au devant de la petite lunette de la gauche, aiant aperçus quelques mouvemens dans le foſſé, y deſcendirent avec tant de fracas en criant, TUE, TUE, que les ennemis abandonnérent ſur le champ les trois lunettes, la demi-lune, & même l'ouvrage à corne, juſqu'où cette petite troupe commandée par un Lieutenant ôſa les pourſuivre, paſſant par les ponts que les fuiards avoient negligé de lever; nos gens renforcés alors par tous les autres grenadiers de la tranchée, ſe logérent dans l'ouvrage à corne, & ſe diſpoſoient même à emporter le chemin couvert de la place, lorſque les aſſiégés rappellérent & arborérent le drapeau blanc, ce qui fit ceſſer le feu de part & d'autre, à l'exception d'une decharge generale que fit encor notre artillerie, pour n'avoir point aperçu le drapeau.

A l'ATTAQUE DE BRUXELLES, on s'empara des deux redoutes, du moment qu'on s'aperçut qu'elles etoient abandonnées; on tira en avant de ces redoutes une ſeconde parallelle dont la gauche fut apuiée au centre de la première; & on pouſſa une ſappe vers la lunette de la droite. *Sur les 5. heures du matin*, ceux de cette attaque entendans les cris redoublés de VIVE LE ROY, qui partoient du centre, quatre des plus temeraires ſe portérent dabord ſur l'avant chemin couvert ou ne trouvant que des fuiards, ils firent ſigne à leurs camerades de les ſuivre; à l'inſtant toute la tranchée ſe debanda, grenadiers, fuſiliers, travailleurs, tous pêle mêle & ſans aucun ordre ſuivirent ces quatre hommes, franchirent les paliſſades, gagnérent la demi-lune, & entrérent au nombre de plus de deux cent dans la ville, tant par la porte que par les poternes; le Marechal de Camp de tranchée s'etant avancé ſur le pont avec ce qu'il pût ramaſſer de grenadiers, fit avertir le Gouverneur, que s'il n'arboroit le drapeau blanc il riſquoit d'être emporté d'aſſant, ce drapeau parût immediatement après ſur le baſtion gauche; le Gouverneur vint même s'aboucher ſur le pont avec notre Officier-General, & luy demanda une patrouille pour faire retirer nos gens qui commençoient à piller dans la ville.

A l'ATTAQUE DE MARCINELLES, on fut s'etablir dans la baſſe ville abandonnée par les ennemis & où les bourgeois avoient arboré une eſpéce de guenille pour drapeau; on tira une parallelle ſur l'eſplanade, & on ſe procura une communication ſure avec la baſſe ville, traverſant les parties baſſes de l'inondation, le chemin
couvert

couvert & le foſſé dè la place , & longeant le flanc gauche du demi-baſtion droit ; Dés que le Lieutenant-General de tranchée vit ceux du centre dans l'ouvrage à corne , il fût par le pont de la Sambre , attaquer le retranchement que les ennemis avoient fait au delà de cette riviere , & il les pourſuivit juſqu'au che-min couvert de la place ; pour lors on entendit rappeller & on vit paroitre le drapeau, ce qui ſuſpendit toute operation.

L'apres midy, la capitulation fut ſignée; la garniſon ſe rendit priſonniere guerre ; le Gouverneur de la place étoit M. LE COMTE DE BEAUFORT ; *le ſoir*, nous primes poſſeſſion de la porte de Bruxelles.

Le 3. la garniſon ſortit ; elle étoit mi-partie de troupes d'Au-triche & d'Hollande.

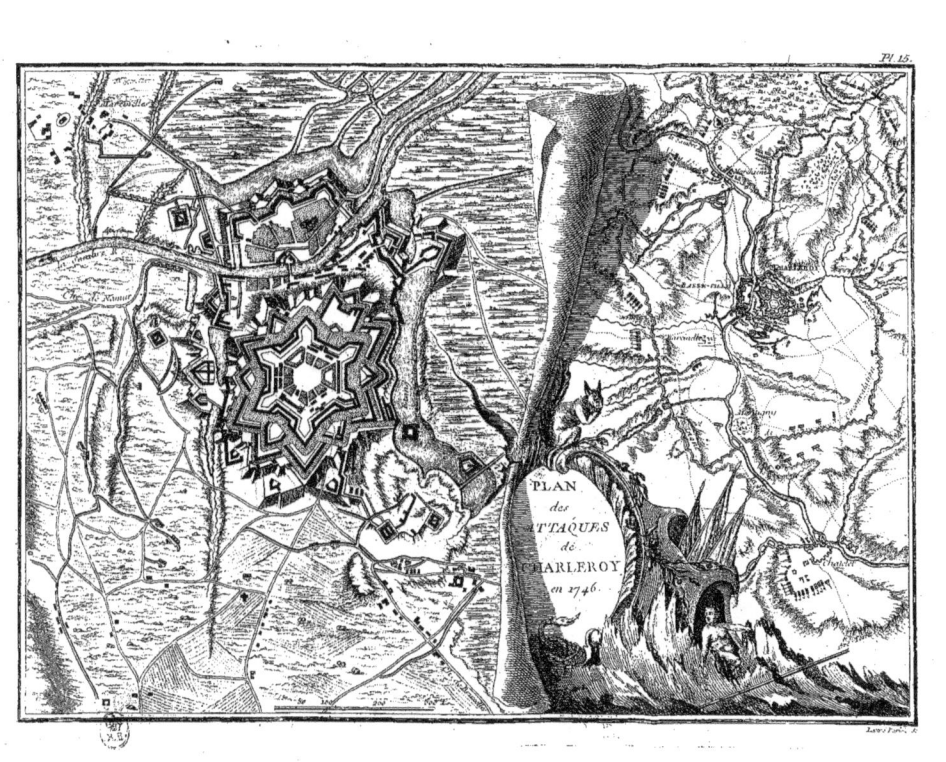

Pl. 15.

PLAN
des
ATTAQUES
de
CHARLEROY
en 1746.

JOURNAL

des

Sieges des Ville & Chateau de Namur,

commandés par

S. A. S. M. LE COMTE DE CLERMONT,

en 1746.

LE 5. *Septembre*, immediatement aprés la retraite des Alliés, cette place fut inveftie: M. de Löwendal fut chargé de la partie entre la Sambre & la baſſe Meuſe; M. de Villemur, de celle d'outre-Meuſe; & M. de Segur, de celle entre la Sambre & la haute

I 2

haute Meufe. L'armée deftinée pour ce fiege étoit de 59. bataillons & 56. efcadrons.

Le 10. on établît fur la hauteur à la droite de la baffe Meufe deux batteries de canon dirigées fur les ouvrages avancés de la porte St. Nicolas; on en établît deux autres fur les hauteurs vis-à-vis des forts St. Antoine & d'Efpinoir, pour ruiner ces ouvrages; on en établît une cinquieme fur la rive gauche de la haute Sambre, pour battre les ouvrages les plus avancés tant de la ville que du chateau.

La nuit du 12. au 13. on ouvrit la tranchée aux deux rives de la baffe Meufe & fur les hauteurs du Coquelet: AU CENTRE, on fit une parallelle devant le front de St. Nicolas, avec fa communication confiftant en deux grands zigzags. A LA DROITE, on tira une parallelle devant le fort Coquelet à laquelle on communiqua de droite & de gauche; on établît fur cette hauteur une batterie de canon & une de mortier. A LA GAUCHE, on fit une grande paral-lelle longeant la Meufe, devant le petit ouvrage fitué fur cette ri-viere; on communiqua à la droite de cette parallelle par quatre zigzags; & on établît à cette droite une batterie de canon & une de mortier. Dans le jour, M. de Coliar Gouverneur de la place, vû fon grand âge & fes infirmités demanda à en fortir, ce qui lui fut accordé; il fut remplacé par M. de Crommelin.

La tranchée fut commandée au centre par un Marechal de Camp, qui avoit fous lui un Brigadier à la gauche, & un autre à la droite.

La 2de. nuit, du 13. au 14. AU CENTRE, on fit une feconde parallelle à peu de diftance de la premiére, pour couvrir deux bat-teries de canon & une de mortier que l'on établît le long de celle ci. A LA DROITE on deboucha de la parallelle: à droite, par une fappe de fix zigzags dirigée fur le faillant du fort Coquelet; & à gauche, par une ligne qui embraffoit le fort Balard. A LA GAUCHE, on fit une demi parallelle qui pincoit le faillant de la lunette & y appuioit fa droite.

La 3e. nuit, du 14. au 15. AU CENTRE, on ne fit rien, pour laiffer à l'artillerie le jeu de fes batteries. A LA DROITE, on fit une nouvelle communication tout à fait à la gauche pour arriver à la ligne qui embraffoit le fort Balard; à l'extremité de cette ligne on établît une batterie de mortier; à côté de cette batterie on com-mença une fappe debout avec des traverfes tournantes fur le

faillant

faillant du fort Balard ; & on prolongea de trois zigzags la fappe fur le faillant du fort Coquelet. A LA GAUCHE, on emporta la lunette d'outre-Meufe où l'on prit 111. hommes & 4. Officiers; on couronna la branche droite du chemin couvert de cet ouvrage, & à l'extremité de ce logement on établît une batterie pour battre en brèche l'envelope de la porte St. Nicolas.

La 4e. nuit, du 15. au 16. AU CENTRE, on fit la troifiéme parallelle & fa communication avec la feconde. A LA DROITE, on coiffa de deux cavaliers le faillant du fort Coquelet, & on fit une marche de dix-neuf petits zigzags vers l'epaule de ce fort. A LA GAUCHE, on couronna la branche gauche du chemin couvert de la lunette; & dans l'interieur de cet ouvrage on établît une batterie de mortier; du couronnement on fit à la premiere parallelle une nouvelle communication confiftant en huit zigzags.

La 5e. nuit, du 16. au 17. AU CENTRE, on couronna le faillant de l'avant chemin couvert que l'on coiffa de deux cavaliers; & on pouffa du centre de la feconde parallelle un boiau remontant vers la gorge du fort Balard. A LA DROITE, on emporta ce Fort là avec affez de facilité & on y prit 50. hommes ; on prolongea la fappe du centre, pour embraffer la gorge du fort Coquelet. A LA GAUCHE, on établît trois batteries de canon, l'une pour battre en brèche le corps de la place, la feconde pour ruiner les deffenfes du front attaqué & la troifieme pour tirer fur le fort de Jambe.

La 6e. nuit, du 17. au 18. AU CENTRE, on prolongea de droite & de gauche le couronnement de l'avant chemin couvert, pour effaier de deloger par là les ennemis de la lunette la plus avancée.

La 7e. nuit, du 18. au 19. douze compagnies de grenadiers fe gliffèrent le long de la Meufe, montérent par la brèche de l'envelope, & s'emparérent de ce vafte terrein fans effuier la moindre refiftance; prés de 300. hommes à qui la retraite fut coupée fe rendirent à difcretion ; on tira dans cette envelope une parallelle à laquelle on communiqua par les ponts de la courtine & de la demi-lune ; & on couronna le chemin couvert du corps de la place. *A midy,* le drapeau blanc fut arboré & les otâges furent envoiés tout de fuite.

Le 19. *vers minuit*, la capitulation fut signée ; deux heures aprés, les portes de St. Nicolas & de Fer nous furent remifes; on convint d'une fufpenfion d'armes jufqu'au 22. pour donner le temsià la garnifon de fe retirer dans les chateaux avec fes effets.

---

*L*a *nuit du* 23. *au* 24. on plaça 36. canons & 25. mortiers fur les ouvrages de la ville fitués à la rive gauche de la haute Sambre; & on etablît 8. obus, 3. canons & 2. mortiers, à la gauche de l'embouchure de cette riviere; toute cette artillerie commença à tirer à midy.

La nuit du 24. *au* 25. on ouvrit la tranchée à deux endroits: à la gauche, en avant de la Balance ; & à la droite, au pied du vieux mur. A LA GAUCHE, on fit une grande parallelle qui prenoit depuis la hauteur de la Balance jufqu'a la Meufe & debordoit la le fort d'Orange de droite & de gauche; on communiqua à cette parallelle par deux zigzags. A LA DROITE on commença une parallelle devant le fort Camus, à laquelle on communiqua par huit zigzags.

La tranchée fut commandée à la gauche par un Maréchal de Camp, qui avoit fous lui un Brigadier à la droite.

La 2de. nuit du 25. au 26. A LA GAUCHE, on deboucha en quatre endroits de la parallelle: on commença à la droite une ligne dirigée vers le retranchement à droite du fort d'orange ; on fit à la gauche une demi-parallelle qui fut portée au delà de la lunette crenelée de la Sambre, & refferra dans cette partie le fort d'Orange & la Terra nova; on ouvrit au centre une marche de trois zigzags en fappe pleine fur le faillant de l'avant chemin couvert du baftion gauche du fort d'Orange ; & à coté on fit un emplacement pour deux batteries de canon. A LA DROITE, on prolongea de droite & de gauche la parallelle pour qu'elle deborda le fort Camus & la redoute à fa gauche.

La 3e. *nuit*, *du* 26. *au* 27. A LA GAUCHE, on prolongea la ligne dirigée vers le retranchement à droite du fort d'Orange; on deboucha de la demi-parallelle de la gauche par une ligne portée vers la Meufe & par une autre dirigée vers le faillant

gauche

gauche du fort d'Orange ; on ajouta trois zigzags au debouché du centre fur ce même faillant ; on établît trois batteries de canon & une de mortier le long de la premiere parallelle, & une de canon en avant de la demi-parallelle de la gauche. A LA DROITE, on prolongea encor la gauche de la parallelle ; on deboucha à la droite par une marche de trois zigzags fur un des angles du chemin couvert du fort Camus ; on pouffa à la gauche une fappe debout vers une place d'armes entre ce Fort & la Redoute ; on établît fur le vieux mur une batterie de canon & une de mortier.

La 4ᶜ. *nuit, du* 27. *au* 28. A LA GAUCHE, on deboucha de la demi-parallelle de la droite par une marche de quatre zigzags dirigée fur le faillant de la lunette en avant du baftion droit du fort d'Orange ; on attacha le mineur à la tête de la fappe du centre ; on deboucha de la demi-parallelle de la gauche par une fappe debout avec des traverfes tournantes dirigées vers le retranchement entre le fort d'Orange & la Terra nova. A LA DROITE, on porta la gauche de la parallelle jusqu'a la demi parallelle de l'autre attaque ; & on prolongea la fappe de la droite de trois zigzags.

La 5ᶜ. *nuit, du* 28. *au* 29. A LA GAUCHE, on ajouta fept zigzags au debouché partant de la demi-parallelle de la droite. A LA DROITE, le chemin couvert du fort Camus fut attaqué à 9. heures du foir, par quatre compagnies de grenadiers & cent volontaires à la droite & quatre compagnies à la gauche ; la refiftance ne fut vive dans aucun endroit, la Redoute feule de la gauche fe foutint quelques moments, mais elle fut obligée de ceder à l'impetuofité de nos grenadiers qui pour monter fe pretoient les epaules les uns aux autres, & nous y primes 30. hommes ; immediatement apres cette operation, on referra le Fort par deux lignes partans de la tête de nos deux fappes. Celle de la droite fut pouffée jusqu'a peu de diftance du chemin couvert au delà du Fort, & celle de la gauche embraffoit la gorge de la Redoute & longeoit le retranchement appuié à cette Redoute.

La 6ᶜ. *nuit, du* 29. *au* 30. A LA GAUCHE, on attaqua l'avant chemin couvert du baftion gauche du fort d'Orange, & après en avoir delogé l'ennemi, on en couronna la partie gauche ; de la fappe debout partant de la demi-parallelle de la gauche, on tira vers la Sambre une ligne qui refferroit l'ouvrage de Terra nova

&

& interceptoit ſa communication avec le fort d'Orange. A LA
DROITE, le fort Camus aiant été abandonné, on fit une communication de ſa gorge aux zigzags ſur la branche droite du fort
d'Orange.

Le matin, M. DE CROMMELIN, Commandant, fit arborer le drapeau blanc ſur la brèche faite à la branche gauche du fort d'Orange;
la capitulation fut ſignée le même jour; la garniſon ſe rendit
priſonniere de guerre.

Suivant quelques buletins nous n'eûmes au ſiege de la ville
que 206. hommes, tant tués que bleſſés; & à celui des chateaux
que 397. hommes.

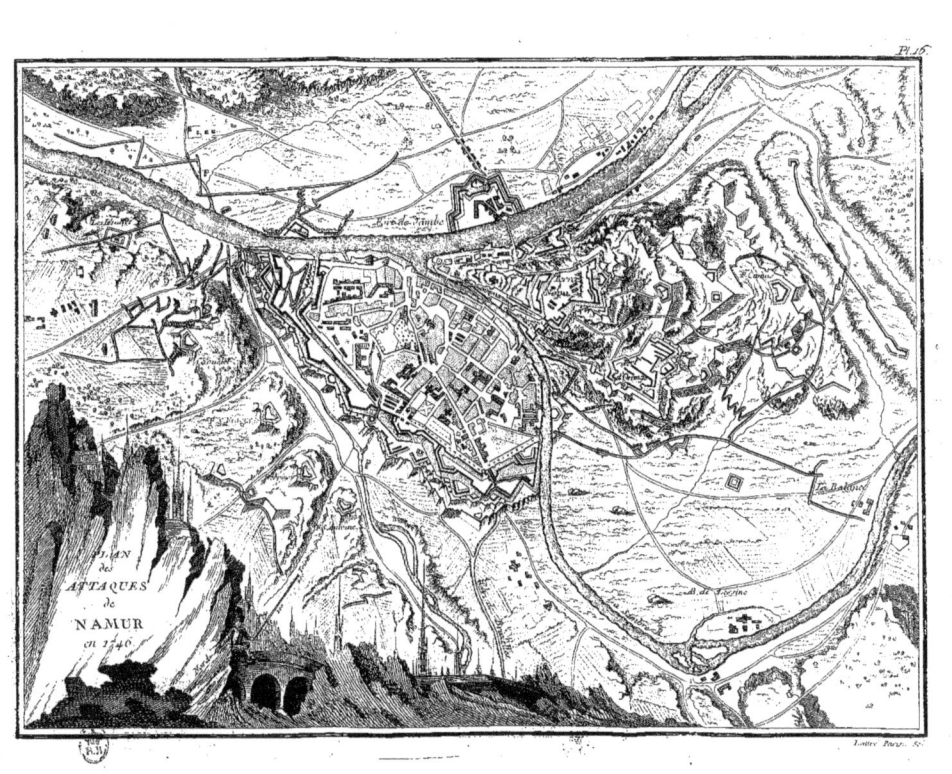

PL.15.

PLAN
de
ATTAQUES
de
NAMUR
en 1746.

JOURNAL

du

Siege de l'Ecluse,

commandé par

M. LE COMTE DE LÖWENDAL,

en 1747.

L E 17. *Avril*, M. de Löwendal partit de Gand avant le jour,
& fe rendit le foir même à Aerdembourg avec un petit corps
de troupes ; le Commandant de l'Eclufe furpris de cette vifite,
en envoia fur le champ demander la raifon, il reçut pour

K   reponce

reponce: qu'on venoit pour prendre fa place & faire fa garnifon prifonniere de guerre.

Le 19. *à la pointe du jour* , 6. compagnies de grenadiers foutenues de 4. piquets s'emparérent fans aucune refiftance de la redoute fur la digue & de l'epaulement qui la fuit , & pourfuivirent même l'ennemi jusqu'au tenaillon qui couvroit l'ecluſe, mais celui-cy fe fentant fort chez lui, fit un feu de mousqueterie fi vif fur nos gens , qu'ils furent obligés de fe retirer derriere l'epaulement , & d'y refter malgré les nouveaux efforts qu'ils firent pour fe raprocher de la place.

La nuit du 19. *au* 20. la tranchée fut ouverte au pied de l'epaulement : on fit en avant de cet ouvrage une demi-parallelle à laquelle on communiqua par quinze zigzags le long de la digue.

La 2. *nuit*, *du* 20. *au* 21. on fit une feconde & une troifieme demi-parallelle; on communiqua de la premiere à la feconde par un feul boiau , & de la feconde à la troifieme par fept zigzags.

La 3ᵉ. *nuit*, *du* 21. *au* 22. on s'aprocha fort prés du tenaillon par une fappe de fix zigzags, au bout desquels on fit un crochet; les ennemis batirent la chamade & arborérent le drapeau blanc.

Le 22. *au matin* , la capitulation fut fignée , M. LAMBRECHT Commandant de la place fe rendit prifonier de guerre avec fa garnifon.

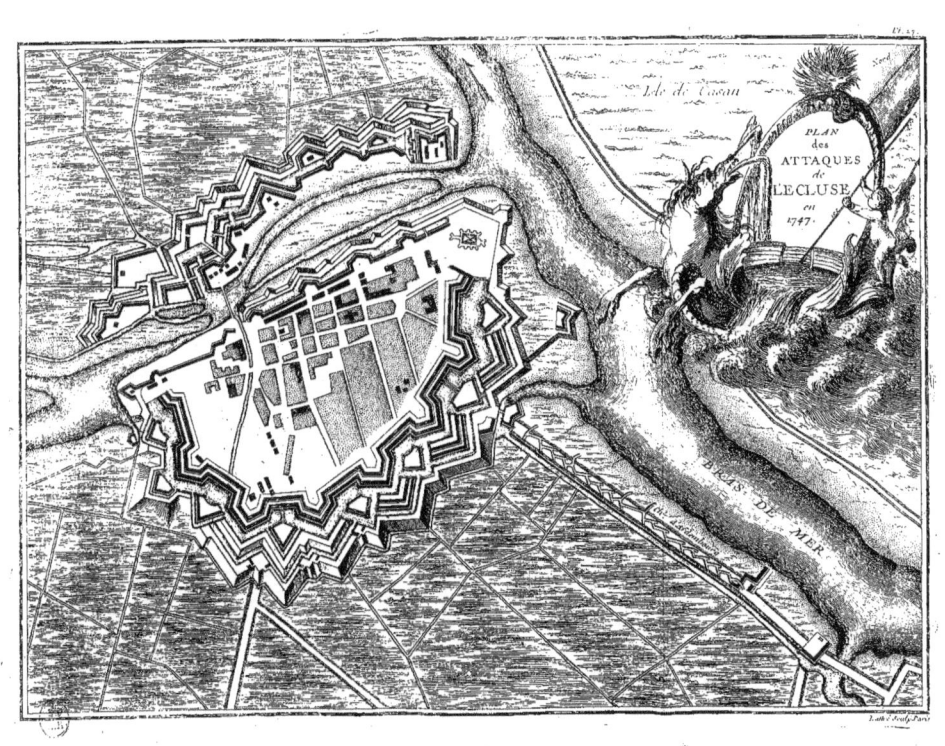

PLAN
des
ATTAQUES
de
L'ECLUSE
en
1747.

JOURNAL

du

Siege du Sas de Gand,

commandé par

M. LE COMTE DE LÖWENDAL,

en 1747.

L E 17. *Avril*, cette place fut inveſtie par un petit corps qui partit de Gand avant le jour.

Le 25. les troupes qui avoient fait le ſiege de l'Ecluſe arri-rérent devant le Sas.

La

La nuit du 26. *au* 27. la tranchée fut ouverte : on fit à la droite du canal de Gand une parallelle devant le fort St. Antoine avec ses communications ; & on etablit contre ce fort deux batteries de canon. On plaça aussi sur la digue de l'autre coté du crick 24. canons & 8. mortiers en cinq batteries , qui prenoient de revers & à dos les ouvrages de la ville.

La 2de. *nuit , du* 27. *au* 28. on se porta aux deux rives du canal de Gand par des zigzags & par une sappe en cremaliere jusques tout prés du fort S. Antoine, qui demanda à capituler le matin ; ceux qui le gardoient se rendirent prisonniers de guerre.

La 3e. *nuit , du* 28. *au* 29. on poussa en avant du fort St. Antoine vint zigzags au bout desquels on fit un crochet. On s'aprocha le long de la digue de Philipine par dix-huit zigzags , jusqu'a 100. t. du chemin couvert.

La 4e. *nuit du* 29. *au* 30. on poussa à l'attaque de gand, une sappe debout avec sept traverses tournantes ; à l'attaque de philipine , on emporta la lunette , on s'y logea & on y communiqua par une sappe debout avec sept traverses tournantes. Les assiegés batirent tout de suite la chamade , & demandérent à capituler.

Le 30. *au matin* , la capitulation fut signée , & la garnison se rendit prisonniere de guerre.

Pl. 18

PLAN DES
ATTAQUES DU SAS DE GAND
1745

JOURNAL
du
Siege de Philipine,
commandé par
M. LE COMTE DE LÖWENDAL,
en 1747.

L A *nuit du* 2. *au* 3. *May* , on ouvrit la tranchée en deux endroits : à droite , fur la digue du Sas de Gand ; & à gauche,
fur celle qui traverfoit l'inondation; A LA DROITE on fit une demi
parallelle à environ deux cent & vint toifes du chemin couvert

K 3 &

& on y communiqua par dix-neuf zigzags. A LA GAUCHE, on fit à deux cent toifes du chemin couvert une parallelle à laquelle on communiqua par quinze zigzags.

La 2de. *nuit, du* 3. *au* 4. A LA DROITE, on pouffa en avant cinq zigzags au bout desquels on fit un crochet; & on etablît dans la demi-parallelle une baterie de canon & une autre de mortier. A LA GAUCHE, on etablît une baterie de canon dans la demi parallelle.

La 3e. *nuit, du* 4. *au* 5. A LA DROITE, on pouffa fept nouveaux zigzags, au bout des quels on fit un crochet.

La 4e. *nuit, du* 5. *au* 6. on prolongea la fappe par neuf zigzags jusques à la fleche d'où on fe porta fur le faillant droit du chemin couvert que l'on couronna. Les ennemis brulérent le pont de la courtine, & demandérent à capituler.

Le 6. *au matin*, la capitulation fut fignée, & la garnifon fe rendit prifonniere de guerre.

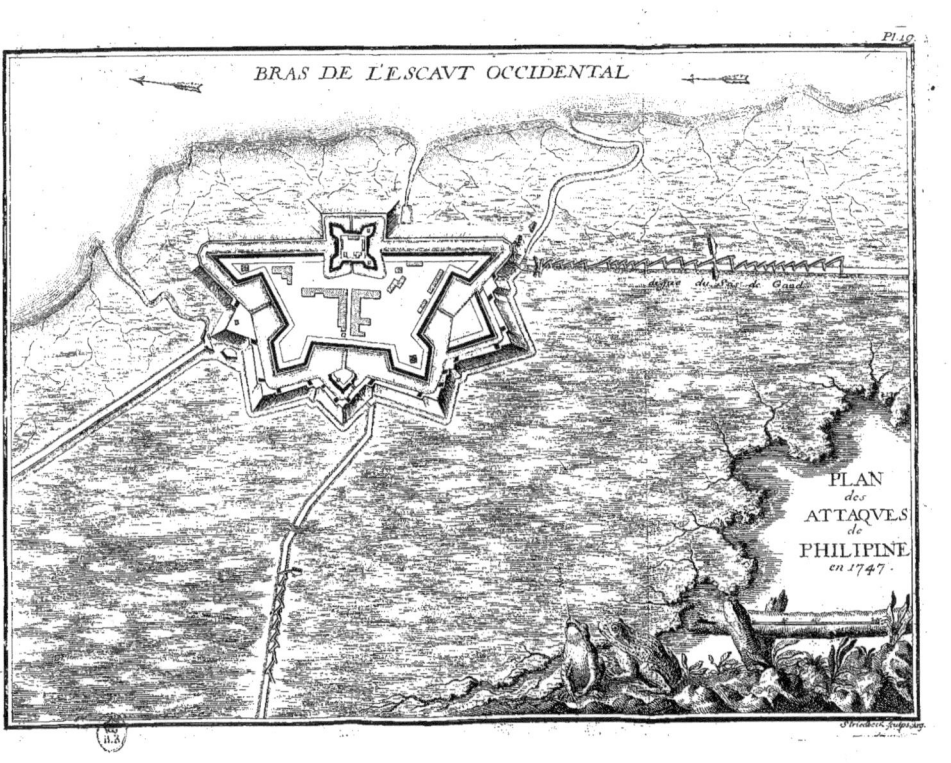

Pl. 10

BRAS DE L'ESCAVT OCCIDENTAL

PLAN
des
ATTAQVES
de
PHILIPINE
en 1747.

JOURNAL

du

Siege de Hulſt,

commandé par

M. LE MARQUIS DE CONTADES,

en 1747.

La *nuit du* 26. *au* 27. *Avril*, 6. Compagnies de grenadiers attaquérent le grand & le petit Kykuit, celui-la fut emporté l'epée à la main, & celui-cy ſe rendit du moment qu'il vit le premier pris.

La

La nuit du 28. *au* 29. on fit une communication de prés de cinq cent toifes fur la digue, pour pouvoir arriver à couvert aux Kykuits.

La nuit du 29. *au* 30. on perfectionna la communication, & on commença deux bateries en avant des Kykuits, l'une de canon & l'autre de mortier.

La nuit du 30. *Avril au* 1. *May*, on continua le travail des batteries, & on fit un petit logement en avant pour placer une compagnie de grenadiers ; on fe porta fur la digue du poldre de Kilderecht, & on y etablît deux bateries de pieces de 24. pour battre de revers & d'enfilade le fort Zantberge.

La nuit du 1. *au* 2. on fe porta foixante toifes en avant jusqu'a un redan que formoit la digue.

La nuit du 2. *au* 3. on chemina debout à traverfes tournantes fur cent & trente toifes.

La nuit du 3. *au* 4. on fit attaquer par 6. compagnies de grenadiers la baterie des ennemis fur la digue en deça du fort Zantberge, elle fut emportée dans l'inftant, & on fit un carnage affreux de quatre-vint-dix hommes qui la gardoient ; nos grenadiers qui auroient dû en refter là, pourfuivirent leur chemin, paflérent de l'autre côté & entrérent dans les lignes, laiffant le fort Zantberge à leur gauche ; ils recommencérent de nouveau à piller & à maflacrer tout ce qui fe prefenta devant eux ; non contens, ils coururent vers le camp des trois bataillons ennemis qui etoient dans les lignes, mais aiant trouvé ces troupes en ordre qui marchoient pour fecourir le fort, nos gens fe retirérent avec beaucoup de confufion, & il nous fallut abandonner la baterie & le logement qui etoit deja fait, pour rentrer dans notre ancien terrein.

La nuit du 4. *au* 5. on prolongea la fappe debout, & on etablît une nouvelle baterie pour ruiner celle des ennemis.

La nuit du 5. *au* 6. on fit fur la baterie des ennemis une feconde tentative plus heureufe que la premiere : 5. Compagnies de grenadiers debouchérent à 9. heures du foir, marchérent à cette baterie par le talus droit de la digue, l'attaquérent de front & de côté, & fe portérent au delà pour couvrir nos travailleurs qui firent un bon logement, auquel on communiqua tout de fuite.

La nuit du 6. *au* 7. on poufla la fappe jusqués à l'eclufe, devant laquelle on fit une demi-parallelle.

L.

La nuit du 7. au 8. on couronna le chemin-couvert de droite & de gauche.

La nuit du 8. au 9. on prolongea le couronnement & on fit la descente du fossé.

La nuit du 9. au 10. on commença le pont qui fut porté jusqu'au tiers de la largeur du fossé ; le matin, le fort Zantberge demanda à capituler ; à midi, nous y entrames & les ennemis se retirérent du coté de la ville ; nous nous portames le soir le long de la ligne, jusqu'au delà du fort Raepe abandonné par les ennemis.

La nuit du 10. au 11. nous laissames le fort Moer à nôtre gauche & nous nous portames en droiture le long d'une digue, sur la ville, devant laquelle nous nous disposions à ouvrir la tranchée, lorsque M. DE LA ROQUE qui y commandoit fit rappeller & arborer le drapeau blanc.

Le 11. la capitulation fut signée ; le Commandant obtint les honneurs de la guerre , pour lui , pour ses Ajudans & pour 400. hommes à son choix, mais sans canon, drapeau ny etendard ; le reste de la garnison qui etoit nombreuse, fut fait prisonnier de guerre.

L

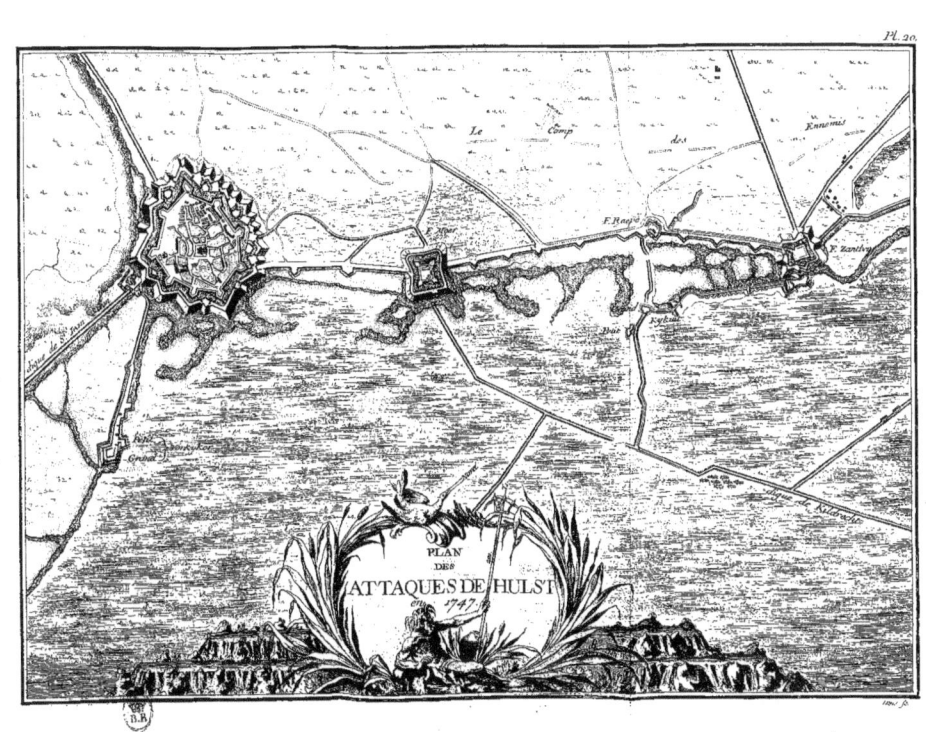

Pl. 20.

PLAN
DES
ATTAQUES DE HULST
en 1747.

JOURNAL

du

Siege d'Axel,

commandé par

M. LE MARQUIS DE CONTADES,

en 1747.

La nuit du 15. *au* 16. *May*, on fonda le crick qui etoit fort large, mais peu profond en plufieurs endroits, à marée baffe.

La nuit du 16. *au* 17. on pouffa jufqu'au milieu de la largeur

L 2   du

du crick une chauffée, à l'extremité de laquelle on commença une baterie de canon ; du moment que les ennemis s'aperçurent de ce travail, ils battirent la chamade.

Le 17. au matin, ils firent paffer de notre coté un Officier dans un bateau, pour obtenir des conditions avantageuses ; on leur accorda fans aucune difficulté tous les honneurs de la guerre.

Pl. 21.

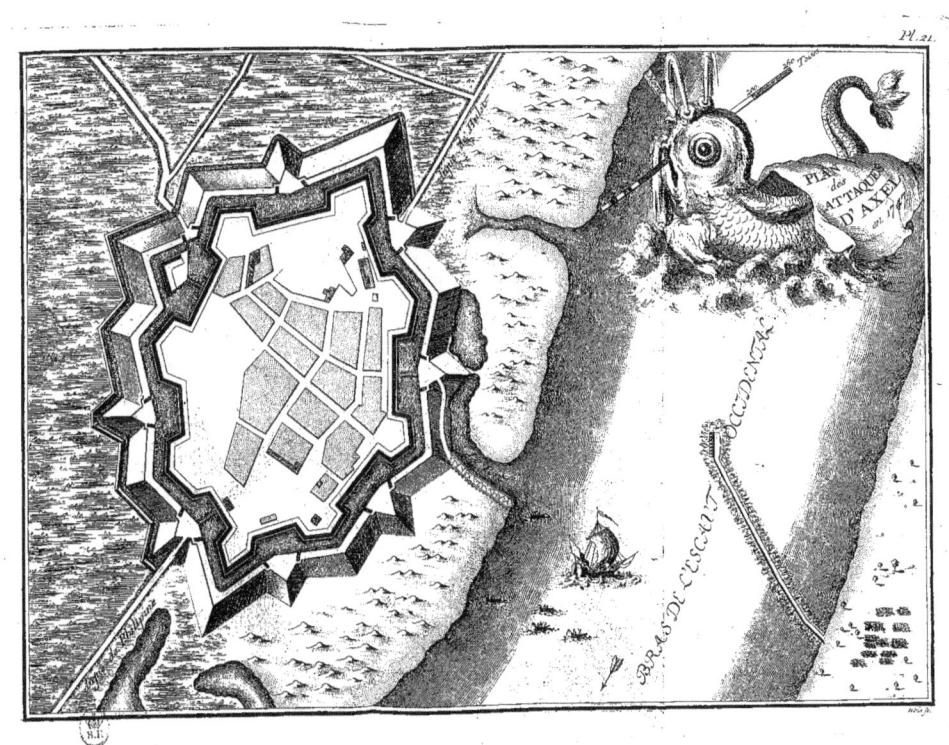

PLAN
des
ATTAQUES
D'AXEL
en 17..

JOURNAL

du

Siege de Berg-ob-zoom,

commandé par

M. LE COMTE DE LÖWENDAL,

en 1747.

L E 12. *Juillet*, M. de Löwendal arriva devant cette place avec
22. bataillons, 10. efcadrons de dragons, & les Kermelecks;
Il apuia fa droite à l'Efcaut, & fa gauche à la Zoom; on travailla
tout de fuite aux reconnoiffances & aux aprovifionnemens.

La nuit du 14. *au* 15. on ouvrit la tranchée : on fit une parallelle d'environ fix-cent toifes qui embraffoit le front du Kin-de-pot par fa gauche, & celui des-deux baftions joignans par fa droite; on communiqua à cette parallelle, à la droite par dix zigzags dont la naiffance fe perdoit dans les dunes, & à la gauche par trois zigzags.

La tranchée fut montée par un Marechal de Camp, un Brigadier, 5. bataillons & 8. compagnies de grenadiers.

La 2de. *nuit, du* 15. *au* 16. on prolongea la droite de la parallelle de trente-cinq toifes, & la gauche de quatre-vint-feize, en fe longeant vers l'Efcaut & faifant un coude en avant d'une maifon; on fit des banquetes à toute la parallelle. Les ennemis firent une fortie de 200. hommes fur la droite de notre parallelle, mais ils furent obligés de fe retirer avec perte.

La 3e. *nuit, du* 16. *au* 17. on prolongea encor de cinq toifes la droite de la parallelle; on debboucha de la gauche par quatre zigzags au bout desquels on commença une feconde parallelle longeant la droite; on travailla à 4. batteries de canon & 2. de mortier à la droite de la premiere parallelle; & à une de canon derriere le centre fur une dune. Les ennemis firent une fortie de 800. hommes fur la droite de la parallelle, mais ils furent repouffés avec perte par 4. compagnies de grenadiers & 2. piquets, foutenus de 2. bataillons.

La 4e. *nuit, du* 17. *au* 18. on prolongea de cent & fix toifes la feconde parallelle commencée la veille; & de foixante toifes la droite de la premiere; on travailla à une batterie de canon à la gauche de la feconde parallelle pour battre l'entrée du port, & à trois de canon & une de mortier au centre; à minuit, une patrouille ennemie de 30. hommes vint tomber à la droite fur un bout de parallelle abandonné, un fergent & 10. hommes que nous y avions laiffé fe retirérent apres avoir fait leur decharge. Dans le jour, on joignit par une ligne, le fecond zigzag de la communication gauche au quatrieme de la droite.

La 5e. *nuit, du* 18. *au* 19. la feconde parallelle fut continuée jusqu'au centre de la premiere, on fit outre cela un boiau de communication de lune à l'autre.

La 6e. *nuit, du* 19. *au* 20. on pouffa en avant de la gauche de la feconde parallelle un boiau de quatre-vint-neuf toifes longeant

vers

vers l'Efcaut, il fervoit dans cette partie de troifieme demi-parallelle; 40. canons & 16. mortiers furent mis en batterie & tirérent
dés le matin. Dans le jour, nos bombes mirent le feu au Temple
de la ville d'où les ennemis decouvroient facilement nos aproches.

La 7ᵉ. *nuit*, *du* 20. *au* 21. on prolongea la troifieme demi
parallelle de la gauche; & on etablît derriere, une batterie de 4.
pieces; on deboucha vers la droite de la premiere parallelle par
huit zigzags fur la capitale du baftion Pucelle; & du centre de la
feconde par fix, fur la capitale du baftion Cohorn. Tous les vaiffeaux qui etoient en grand nombre dans le port fortirent, pour fe
mettre en rade hors de la portée de notre canon.

La 8ᵉ. *nuit*, *du* 21. *au* 22. on prolongea de fix zigzags le
debouché de la gauche; apres quoi on tira la troifieme parallelle,
à fappe volante.

M. le Duc de Chevreufe paffa la Zoom avec deux brigades
d'infanterie & une de dragons, & alla camper vis-à-vis le fort
Rowerf apuiant fa droite à l'inondation, & fa gauche à la Zoom.

La 9ᵉ. *nuit*, *du* 22. *au* 23. on commença à la gauche & au centre
de la troifieme parallelle deux debouchés de deux zigzags chacun,
fur les capitales du baftion gauche & de la demi-lune; on deboucha
auffi par deux zigzags de la troifieme demi-parallelle de la gauche;
on etablît au centre de la troifieme parallelle deux bateries d'obus;
& une de canon au boiau de communication de la feconde à la
troifieme demi-parallelle de la gauche.

La 10ᵉ. *nuit*, *du* 23. *au* 24. on prolongea de cinquante-fept
toifes la droite de la troifieme parallelle; on fit deux nouveaux
zigzags au debouché du centre de cette parallelle & quatre à celui
de la gauche; on prolongea de fix zigzags le debouché de la
troifieme demi-parallelle de la gauche; on etablît une baterie de
mortier au centre de la troifieme parallelle.

La 11ᵉ. *nuit*, *du* 24. *au* 25. on deboucha de la droite de la
troifieme parallelle fur la capitale du baftion droit par cinq zigzags;
on prolongea de trois zigzags le debouché du centre de cette parallelle & de quatre celui de la gauche; on ajouta quatre zigzags
au debouché partant de la troifieme demi-parallelle de la gauche.

On ouvrit la tranchée devant le fort Rowerf: on fit une demi
parallelle, à laquelle on communiqua par trois zigzags.

La 12ᵉ. *nuit*, *du* 25. *au* 26. on fit à la gauche de la troifieme
paral-

parallelle une place d'armes de quarante toifes ; les fappes fur les capitales des deux baftions & de la demi-lune furent pouffées jousqu'à quinze toifes des faillants ; le mineur s'attacha à la capitale de la demi-lune.

Au fort ROWERF, on etablît à la gauche de la demi-parallelle une baterie de canon ; & on ebaucha la feconde demi-parallelle à laquelle on communiqua par deux zigzags.

La 13e. nuit, du 26. au 27. on ebaucha entre la tête des trois fappes la quatrieme parallelle, le travail fait la veille par les mineurs fur la capitale de la demi-lune fut comblé, par la quantité de bombes & de pierres qu'y jettérent les ennemis ; nos mineurs s'attachérent de nouveau fur cette capitale & fur celle des deux baftions ; On prolongea de quatre zigzags le debouché partant de la troifieme demi-parallelle de la gauche & on commença dans cette partie une quatrieme demi-parallelle, à la droite de laquelle on etablît une baterie de canon.

Au fort ROWERF , on fit une troifieme demi-parallelle avec fa communication ; & on etablît une baterie de mortier à la droite de cette parallelle.

La 14e. nuit, du 27. au 28. on acheva la quatrieme parallelle, & à fon extremité droite on etablît deux cavaliers de tranchée ; nos mineurs continuérent leur travail fur les trois capitales ; on etablît une baterie de cinq petits mortiers à la droite de la troifieme parallelle ; on acheva la quatrieme demi-parallelle de la gauche.

Au fort ROWERF , on etablît à la gauche de la troifieme demi-parallelle une baterie de canon. Le Camp des ennemis derriere le fort, incommodé par notre artillerie fe recula fur le champ vers l'Efcaut.

La 15e. nuit, du 28. au 29. on fit quatre traverfes tournantes à la droite de la quatrieme parallelle pour la defenfiler du chemin couvert ; on deboucha de cette parallelle par trois fappes de deux zigzags chacune, dirigées fur les trois capitales des deux baftions & de la demi-lune ; on etablît trois nouveaux cavaliers de tranchée, l'un à la droite de la capitale de la demi-lune , & les deux autres à droite & à gauche de la lunette de la gauche ; nos mineurs coutinuérent leur travail avec fuccés.

La 16e. nuit, du 29. au 30. on prolongea la fappe de la gauche de fept toifes & demi, celle du centre de quatre , & celle de la
droite

droite de trois; on etablît deux mortiers derriere la troifieme demi-parallelle de la gauche; les mineurs firent avertir qu'on travailloit fous eux; la gallerie de la droite étoit deja de vint-huit pieds avec des rameaux de quinze chacun; celle du centre avoit trente deux pieds, mais les rameaux etoient hors d'etat de fervir, & l'on fut obligé d'en commencer d'autres plus avant; la gallerie de la gauche avoit cinquante pieds, mais auffi fans rameaux.

Au fort ROWERF, on deboucha de la troifieme demi-parallelle par quatre zigzags; preliminairement à ce travail, les ennemis firent une fortie de 200. hommes avec beaucoup de travailleurs fur cette demi-parallelle, dont ils comblérent une partie avant qu'on pût venir à eux, mais ils furent bientot repouffés avec vigueur par 2. compagnies de grenadiers, foutenues par 4. piquets de dragons.

La 17e. nuit, du 30. au 31. nous fimes jouer une mine fous la capitale du baftion gauche, dont on couronna tout de fuite l'entonnoir; on prolongea la gauche de la quatrieme parallelle, de trente-trois toifes; & de deux toifes & demi, le debouché fur la capitale du baftion droit; on fit de la premiere parallelle une nouvelle communication avec la troifieme, pour le paffage de l'artillerie.

Au fort ROWERF, on augmenta de cinq zigzags la fappe partant de la troifieme demi-parallelle; & de la tête de ce travail on commença une quatrieme demi-parallelle.

La 18e. nuit, du 31. Juillet au 1. Aout. on fit deux nouveaux debouchés partant de la quatrieme parallelle, chacun de deux zigzags, l'un dirigé fur la capitale de la lunette droite, & l'autre fur la capitale de la lunette gauche; on prolongéa de trente-neuf toifes la gauche de cette parallelle, pour embraffer une partie du Kick in de Pot; Dans le jour, nous fimes fauter une feconde mine fur la capitale du baftion gauche, dont l'entonnoir fut tout de fuite couronné; nos mineurs continuérent leur travail avec ardeur.

Au fort ROWERF, on continua par la droite la quatrieme demi-parallelle; & on etablît à la gauche une batterie de canon.

La 19e. nuit, du 1. au 2. on prolongea de dix toifes la fappe fur la capitale de la lunette droite, & le mineur s'y etablît ainfi qu'au debouché de la fappe fur la capitale de la lunette gauche;

M

nous

nous fîmes fauter une mine fur la capitale de la demi-lune, dont l'entonnoir que l'on courronna de gabions étoit d'environ trente toifes; on communiqua à cet entonnoir par une fappe de trois toifes.

Au fort ROWERF, on prolongea encor la droite de la derniere demi-parallelle; on deboucha du centre par une marche de fix zigzags, au bout desquels on fit un crochet;

La 20ᵉ. *nuit*, *du* 2. *au* 3. on prolongea de vint toifes la gauche de la quatrieme parallelle; & on fit à la droite de la troifieme une nouvelle communication avec la quatrieme.

Au fort ROWERF, on pouffa en avant de la droite de la quatre demi-parallelle quatre zigzags, au bout desquels on fit un crochet.

La 21ᵉ. *nuit*, *du* 3. *au* 4. on repara la quatrieme parallelle, les cavaliers de tranchée & les debouchés; les ennemis firent une petite fortie compofée de volontaires fur notre batterie de canon à la droite de la quatrieme demi-parallelle de la gauche, ils nous encluérent deux ou trois pieces & nous emmenérent quelques prifonniers.

La 22ᵉ. *nuit*, *du* 4. *au* 5. les grenades des ennemis firent fauter une de nos mines au faillant de la lunette gauche; on ne pratiqua point de communication à l'entonnoir; nos mineurs travaillérent fans relache; on augmenta de deux pieces la batterie qui battoit l'entrée du port.

La 23ᵉ. *nuit*, *du* 5. *au* 6. L'attaque du chemin couvert fut entreprife vers minuit, par 10. compagnies de grenadiers, qui débouchérent fur les cinq faillants au fignal de quatre bombes; trois compagnies attaquérent le faillant droit, trois le faillant gauche, deux celui de la demi-lune, une le faillant de la lunette droite, & une celui de la lunette gauche; le tout marcha dans un bel ordre, mais la fougue de nos grenadiers les aiant emporté, partie fe jetta dans le chemin couvert, partie s'amufa à faire un feu terrible, ce qui les expofa un fort longtems à celui des ouvrages; on ne laiffa pas cependant de fe loger fur les cinq faillants, & d'etablir de bonnes communications avec les cinq debouchés partans de la quatrieme parallelle; Les ennemis firent fauter trois mines qui ne firent aucun mal.

La

La 24e. *nuit , du 6. au 7.* on fe logea dans la place d'armes du faillant gauche ; les ennemis occupoient encor le faillant droit & faifoient un feu des plus vifs de cette partie ; on etablît une batterie de mortier à la gauche de la quatrieme parallelle, & une autre à la droite de la troifieme ; dans le jour , les ennemis mirent le feu au logement fait dans le faillant du baftion gauche.

La 25. *nuit , du 7. au 8.* à cinq heures du foir, nous fimes fauter une mine à la droite du faillant gauche, qui fit tout l'effet qu'on en pouvoit atendre, aiant entamé la gallerie majeure des ennemis ; à fix heures , les ennemis firent fauter deux mines entre le faillant du baftion gauche & la lunette gauche ; auffi tot le feu de leur artillerie redoubla, & immediatement apres une colonne de 180. hommes deboucha fur les entonnoirs, 2. compagnies de grenadiers marchérent à eux la bajonnette au bout du fufil, & les obligérent de fe retirer avec perte ; du moment qu'ils furent rentrés, il fortit tant du rampart que des ouvrages un feu prodigieux de moufqueterie ; il fe prefenta en même tems à la gauche, un gros detachement fur lequel nous tirames beaucoup & qui ne deboucha point tout à fait du chemin couvert ; on fe logea dans la place d'armes de la demi-lune & on y attacha fur le champ le mineur ; nos bombes firent fauter un magazin à poudre dans le baftion Pucelle ; à 5. heures du matin, les ennemis firent fauter une mine fous notre couronnement de la lunette droite, & firent enfuite un feu des plus vifs fur cet entonnoir.

La 26e. *nuit , du 8. au 9.* à neuf heures du foir, les ennemis vinrent attaquer notre logement dans la place d'armes faillante de la demi-lune, mais ils furent repouffés avec vigueur ; on s'aperçut à la droite qu'une troupe des leurs fe formoit en bataille fur la crête du glacis , mais ils ne branlerent point ; on fe logea dans les entonnoirs des dernieres mines fautées par les ennemis ; on perfeétionna la communication au couronnement de la droite ; & on repara l'entrée des logemens de la gauche ; & le derangement que le feu des ennemis avoit mit à la tête de nos fapes.

La 27e. *nuit , du 9. au 10.* on conftruifit à la gauche de la quatrieme parallelle une batterie de 6. obus , & à la droite une batterie de 5. mortiers ; nos bombes mirent le feu à un petit magazin de grenades des ennemis, & à un autre de poudre ; on prolongea le couronnement du faillant gauche, fur la droite ; & celui

M 2,

du

du faillant de la demi-lune , de droite & de gauche ; on fit un debouché fur la droite de la demi-lune, pour y etablir le mineur.

Dans le jour , les ennemis firent une tentative fur le village de Wout, pofte tres avantageux que nous avions retranché avec foin; 3. bataillons, 15. compagnies de grenadiers, & 22. piquets attaquérent avec vivacité nos trois redoutes en avant de ce village, mais leurs efforts furent inutiles, & ils furent obligés de fe retirer avec une perte confiderable ; comme leur deffein étoit apres l'enlevement de ce pofte, d'engager une afaire generale, notre armée fe porta fur le champ de bataille dés le matin, & y refta jufqu'au foir qu'on fût que les ennemis s'etoient retirés.

La 28ᵉ. nuit, du 10. au 11. une bombe des ennemis mit le feu à 6. heures du foir, à une de nos mines qui fit fauter la contréfcarpe fur laquelle nous etions logés ; à 8. heures, nous en fimes fauter une autre à droite, qui creva la gallerie majeure des ennemis; on acheva le couronnement du chemin couvert depuis le centre jufqu'à la gauche.

La 29ᵉ. nuit, du 11. au 12. les ennemis firent fauter hier à 6. heures du foir, une mine à la droite du faillant de la demi-lune; à 7. heures, nous en fimes fauter une qui arracha les paliffades de cet angle faillant, & nous nous logeames tout de fuite dans l'entonnoir qui étoit profond; on prolongea par la droite le couronnement du chemin couvert de la demi-lune ; à 6. heures du matin, nous fimes fauter une mine au milieu du logement fait dans le faillant du centre.

La 30. nuit, du 12. au 13. à 9. heures du foir, les ennemis firent fauter une mine à droite du faillant du baftion gauche ; on acheva de couronner toute la partie du chemin couvert du front d'ataque.

Au fort ROWERF , nous retirames nos pieces des dernieres batteries, que nous demolimes.

La 31ᵉ. nuit, du 13. au 14. les ennemis firent fauter deux mines à 7. heures du foir, l'une à la gauche du faillant de la demi-lune, & l'autre à la droite du baftion gauche ; nous en fimes fauter une à l'entrée de la nuit vis-à-vis le baftion de la droite dont on couronna l'entonnoir; en repara affez les communications pour pouvoir y étre à couvert du canon & de la mousqueterie; à 4. heures apres midi, nous fimes fauter une mine dans le chemin couvert à droite du faillant de la demi-lune.

La

La 32. *nuit*, *du* 14. *au* 15. à 9. heures du foir, les ennemis firent fauter deux mines à gauche de notre derniere ; on repara les communications, & on fe logea dans les deux entonnoirs des mines faurées la veille; on etablît une batterie d'obus à la quatrieme demi-parallelle de la gauche, pour battre à ricochet le baftion gauche; on prolongea la droite de la premiere parallelle ; à 4. heures apres midi, nous fimes fauter une mine fous le faillant du baftion droit; à 5. heures, nous en fimes fauter une autre dans la place d'armes du faillant gauche; ces deux mines produifirent l'effet qu'on en defiroit ;

La 33e. *nuit*, *du* 15. *au* 16. nous fimes fauter une mine qui renverfa la face droite de la lunette de la gauche; immediatement apres, 60. volontaires, 4. mineurs, & 6. ouviers, foutenus d'une compagnie de grenadiers & fuivis de travailleurs, montérent dans l'ouvrage, & fe logérent dans l'entonnoir fait par la mine, malgré les efforts de l'ennemi qui ne voulut abandonner qu'au jour le terreplein pour fe retirer dans le reduit ; les ennemis firent fauter à 9. heures du foir, une mine vers le faillant gauche; on etablît une batterie de 4. canons & une autre de 4. obus à la droite de la premiere parallelle; pour battre à ricochet le baftion droit; à 7. heures du matin, 200. hommes des ennemis fortirent du reduit, attaquérent avec vivacité notre logement & nous obligérent de l'abandonner, mais ils en furent bientôt chaffés à leur tour; par une compagnie de grenadiers & deux piquets; une heure apres, ils jettérent une quantité de feux d'artifice fur le couronnement du chemin couvert à droite du debouché de la lunette ; à 7. heures du foir, les ennemis firent une feconde tentative pour nous deloger de la lunette, mais qui leur reuffit moins encor que la premiere.

Au fort ROWERF, les ennemis firent une fortie à une heure apres minuit fur la tête de notre fappe, mais nos piquets les firent rentrer avec precipitation.

La 34e. *nuit*, *du* 16. *au* 17. nous fimes fauter à une heure apres minuit, une mine dans le chemin-couvert vis-à-vis le baftion de la droite ; on travailla à reparer les debouchés des communications.

La 35e. *nuit*, *du* 17. *au* 18. nous fimes une tentative fur le reduit de la lunette gauche qui ne reuffit point , les ennemis y etant trop en force; nos volontaires defcendirent dans le foffé de

M 3   la

la demi-lune, entrérent dans la gallerie majeure, fouillérent quelques mines, tuérent les mineurs & arrachérent les faucissons ; les ennemis firent fauter à 10. heures du foir, notre gallerie des mines etablie fur l'arrondissement du baftion gauche.

La 36ᵉ. *nuit*, *du* 18. *au* 19. on repara & on perfectionna toutes les communications ; on prolongea par la droite jusqu'à la contréfcarpe le logement de la lunette gauche, la traverfe fervant d'epaulement ; & par la gauche jusqu'au milieu de la face gauche de la ditte lunette ; on fit en differens endroits de bons cavaliers, pour plonger dans le foffé de la place & celui de la demi-lune ; à 2. heures apres midi, nous fimes fauter une mine dans la place d'armes faillante de la gauche.

La 37ᵉ. *nuit*, *du* 19. *au* 20. nous couronnames notre dernierre mine, & lui fimes une communication avec le couronnement du chemin couvert ; à 10. heures du foir, nous fimes fauter une mine fous l'angle de la lunette de la droite ; nous en couronnames tout de fuite l'entonnoir, & communiquames ce logement avec le couronnement de la gauche du faillant de cette lunette ; on perça la gallerie des ennemis dans le terreplein du chemin couvert de la demi-lune, & on y jetta beaucoup de bombes, de grenades & de poudre pour les en deloger ; il fauta dans un entonnoir de ce faillant quelques barils de poudre.

La 38ᵉ. *nuit*, *du* 20. *au* 21. les ennemis firent fauter cinq mines ou fougaffes : une, vis-à-vis la face droite de la lunette gauche ; deux, vis-à-vis les faces de la demi-lune ; & deux, vis-à-vis celles du baftion gauche ; on couronna l'entonnoir de la mine vis-à-vis la face gauche du baftion gauche ; on fit des banquetes dans le logement fur l'angle de la lunette droite ; & on prolongea ce logement par la droite de quatre toifes, & par la gauche de deux ; on prolongea le logement de la contréfcarpe de la demi-lune jusqu'aux angles rentrants de droite & de gauche ; on retablît le logement que nous avions pouffé auparavant jusqu'à l'angle rentrant, lequel avoit eté ruiné par les mines des ennemis dans cette partie ; le matin, nous fimes fauter une mine fur l'arrondiffement droit, qui renverfa dans le foffé cinq toifes de la contréfcarpe ; on couronna l'entonnoir & on y communiqua tout de fuite ; nous en fimes fauter une feconde fur la contréfcarpe de la demi-lune prés de la traverfe de la lunette gauche, qui fit fon entonnoir dans le chemin couvert.

La

La 39ᶜ. *nuit , du* 21. *au* 22. les ennemis firent fauter trois mines fur le faillant de la demi-lune; nous retablimes tout de fuite les communications qu'elles avoient comblé ; ils en firent fauter une autre fur le chemin couvert vis-à-vis la face gauche du baftion droit , qui ruina notre communication & l'entonnoir où nous avions ataché le mineur, mais on ne tarda pas à les retablir ; nous etablimes dans trois entonnoirs fur les faillants des baftions & de la demi-lune, fept mortiers & douze pierriers;

La 40ᶜ. *nuit, du* 22. *au* 23. on deboucha de l'entonnoir à l'extremité de la branche droite de la lunette gauche, & on fe longea parallellement à la contrefcarpe jufqu'au logement de l'arrondiffement de la demi-lune ; nous fimes fauter le matin, deux mines fur les prolongemens des faces de la demi-lune ; Les ennemis firent dans le foffé une caponniere pour communiquer à la demi-lune, avec un epaulement à chaque flanc.

La 41ᶜ. *nuit , du* 23. *au* 24. nous fimes fauter une mine à l'extremité de la face droite de la lunette gauche, elle ruina dans cette partie la gallerie des ennemis, & renverfa dans le foffé toute la maçonnerie de la contréfcarpe; les ennemis peu de tems apres en firent fauter une autre prés de celle-cy , qui acheva de renverfer le contréfcarpe; on fit un nouveau logement fur la contréfcarpe du baftion gauche qui s'etendit jufqu'au retour du chemin couvert; on perfectionna celui qui partoit de la lunette gauche & communiquoit à l'arrondiffement devant la demi-lune ; on fe logea auffi dans le foffé de la lunette droite.

La 42ᶜ. *nuit , du* 24. *au* 25. nous couronnames l'entonnoir de notre derniere mine; nous fimes une communication de la quatriéme parallele à l'angle de la lunette gauche, pour le paffage de l'artillerie; les ennemis firent une fortie à minuit pour nous chaffer de ce dernier entonnoir, mais nos grenadiers les repoufférent fur le champ & le travail ne fut point difcontinué ; le feu prit à 10. heures du foir, à la ville & dura toute la nuit.

La 43ᶜ. *nuit , du* 25. *au* 26. nos bombes mirent le feu à un magazin de grenades que les ennemis avoient dans le baftion gauche ; nous fimes fauter à minuit une mine fur l'arrondiffement de la contrefcarpe du baftion droit ; les ennemis en avoient fait fauter une derriere celle-ci à 9. heures & demi du foir, & une autre qui fouffla dans un de nos entonnoirs prés de la contrefcarpe

&

& nous ôta la communication d'un puit que nous avions fait pour longer la gallerie par la droite ; on prolongea de quelques toises le logement fait dans le fossé le long de la face droite de la lunette droite ; le mineur continua son travail dans l'entonnoir de la ditte lunette ; on perfectionna la communication sur la lunette gauche pour le passage de l'artillerie ; on prolongea par la gauche de trente-six toises la quatrieme demi-parallelle de la gauche ; dans le jour, nous fimes sauter une mine dans le terreplein de la face gauche de la lunette droite , pour prevenir les mineurs ennemis qui s'etoient fait entendre; cette mine endommagea leur retranchement & leur gallerie.

La 44e. *nuit*, *du 26. au 27.* à 9. heures du soir, nous fimes sauter une mine sur la contréscarpe de la demi-lune, qui la renversa dans le fossé ; une heure apres, les ennemis en firent sauter une autre, un peu sur la gauche de l'arrondissement du bastion droit; on prolongea le logement du fossé de la face droite de la lunette droite, jusqu'à la contréscarpe du bastion, sur laquelle on fit un retour d'environ quatorze toises; on prolongea aussi le logement de la contréscarpe de la face droite de la demi-lune jusqu'à la traverse de la lunette droite, d'où on se retourna jusqu'au decombrement de la face gauche de la lunette; on commença à travailler aux batteries de breches ; on prolongea encor la gauche de la quatrieme demi-parallelle de la gauche ; à 6. heures du matin, les ennemis vinrent arracher quelques gabions tout à fait à la droite, pour pouvoir proteger l'entonnoir que leur mine fit dans cette partie.

La 45e. *nuit*, *du 27. au 28.* on travailla dans le logement de la contréscarpe de la face droite du bastion gauche à une batterie de 5. pieces pour battre en breche cette face ; on fit de droite & de gauche de cette batterie un puid; on attacha aussi le mineur à la face droite de la lunette gauche , ainsi qu'à plusieurs autres endroits; on perfectionna le logement du fossé longeant la face droite de la lunette droite; on s'aperçut que les ennemis travailloient sous cette lunette; on fit une communication de la quatrieme parallelle au couronnement du chemin couvert de la face droite de la lunette droite , pour le passage de l'artillerie ; nous fimes sauter une mine qui renversa la contréscarpe vis-à-vis la face droite de la demi-lune.

La

La 46ᶜ. nuit , du 28. au 29. on fit une communication de la quatrieme parallelle au couronnement du chemin couvert devant la face gauche de la lunette droite ; à l'extremité de la face droite de la lunette gauche, on travailla à un emplacement pour une batterie de 4. pieces fur la contréfcarpe, pour battre en breche la face gauche de la demi-lune ; on perfectionna & on repara les communications des fappes ; & on poussa le logement de la contréfcarpe de la face gauche du baftion droit, jusqu'à la traverfe de la lunette ; les ennemis firent fauter une mine au faillant de la droite ; dans le jour, nous en fimes fauter une fur la contréfcarpe du prolongement de la face droite de la demi-lune , qui renverfa dans le foffé ce qui reftoit de la contréfcarpe dans cette partie , & affura par là l'etabliffement de notre batterie.

La 47ᶜ. nuit, du 29. au 30. le mineur ennemi voulut donner un camoufflet au nôtre, pour l'etouffer dans l'entonnoir de la lunette à gauche, mais il ne pût reuffir & le travail du nôtre alla toujours fon train ; à l'extremité de la face droite de la lunette droite, notre mineur penetra jusqu'à la gallerie des affiegés, la perça & rencontra le mineur ennemi ; ils fe tirérent quelques coups de piftolets dont le nôtre fut bleffé ; à l'inftant nous y jettames cinq-cent livres de poudre à laquelle on mit le feu pour etouffer le mineur ennemi & faire fauter la gallerie ; de forte qu'il ne refta plus dans cette partie qu'une quille de contréfcarpe jusqu'à l'arrondiffement droit ; nous fimes fauter cette nuit le reduit de la lunette gauche, & nous nous logeames dans cet ouvrage ; nous continuames le travail de la batterie contre la face gauche de la demi-lune ; le mineur continua avec fucces fon travail dans les endroits ou il etoit attaché.

La 48ᶜ. nuit, du 30. au 31. on prolongea le couronnement du glacis jusqu'aux entonnoirs du baftion de la droite ; on perfectionna & on agrandît le logement de la lunette gauche & fa communication avec celui du reduit ; on fit deux defcentes du chemin couvert : l'une à l'angle rentrant entre la demi-lune & la lunette gauche, pour communiquer à la batterie de cette partie ; l'autre vers l'angle rentrant entre cette lunette & le baftion gauche, pour communiquer à la premiere batterie.

La 49ᶜ. nuit, du 31. Août au 1. Septembre ; on repara le logement de l'interieur du reduit de la lunette gauche, que le

N grand

grand feu de l'ennemi avoit totalement detruit ; on commença vis-à-vis de la face gauche de la demi-lune une descente de fossé à ciel ouvert ; on en commença une autre vis-à-vis la face droite du bastion gauche ; le mineur continua ses operations pour assurer nos batteries de breche.

La 50ᵉ. *nuit*, *du* 1. *au* 2. nous fimes sauter une mine sur la contréscarpe de la face droite de la demi-lune ; on couronna un entonnoir à l'extremité de la face gauche de la lunette droite, & on y attacha le mineur ; on continua les descentes du fossé, & on en commença une troisieme aussi à ciel ouvert vis-à-vis la face gauche du bastion droit ; on etablît deux batteries de breche aux deux cotés du saillant du chemin couvert de la demi-lune, pour battre les deux epaules des deux bastions ; on attacha le mineur au logement de la lunette gauche ; on ouvrit un bout de boiau du couronnement du chemin couvert à l'angle rentrant du bastion droit.

La 51ᵉ. *nuit*, *du* 2. *au* 3. les ennemis firent sauter deux mines entre la lunette droite & la demi-lune, qui ne firent qu'un entonnoir ; notre logement de contréscarpe en fut un peu endommagé ; nos mineurs percérent dans la partie droite, la gallerie des ennemis, & les en chassérent ; on fit une communication pour le passage de l'artillerie du couronnement du chemin couvert à l'extremité de la face droite de la lunette droite ; on fit les deux bouts d'une cinquieme parallelle, l'un entre la capitale du bastion gauche, & celle de la lunette gauche ; l'autre entre la capitale du bastion droit & celle de la lunette droite ; on prolongea la quatrieme demi-parallelle de la gauche, de vint-sept toises, pour embrasser toute la gauche du Kick in de Pot.

La 52ᵉ. *nuit*, *du* 3. *au* 4. nous fimes sauter une mine à la droite de notre batterie de breche sur la contréscarpe de la face gauche de la demi-lune, qui renversa toute la maçonnerie dans le fossé sans endommager la batterie ; le mineur fut etabli dans les deux puits de l'entonnoir de la lunette droite ; on continua de travailler aux descentes du fossé ; on prolongea la cinquieme parallelle depuis la capitale de la lunette gauche, jusqu'a celle de la demi-lune.

La 53ᵉ. *nuit*, *du* 4. *au* 5. les ennemis firent sauter à 9. heures du soir, une fougasse sur la contréscarpe de la face droite de

la

la demi-lune, près la lunette à droite, cette mine derangea un peu l'attaque des mineurs dans cette partie; on tira entre les capitales de la demi-lune & celle de la lunette droite ce qui reſtoit encor à faire de la cinquieme parallele, deſtinée à contenir des troupes en cas d'aſſaut; nous fimes ſauter trois mines contigues ſur la contréſcarpe de la face gauche du baſtion droit, qui eurent l'effet qu'on en attendoit, en ce qu'elles renverſérent dans le foſſé juſqu'à la lunette, ce qui reſtoit de la contréſcarpe, & nous aſſurérent par là l'etabliſſement de notre batterie de la droite.

La 54e. *nuit, du* 5. *au* 6. on travailla à l'etabliſſement de la batterie de la droite; nous fimes ſur l'angle de la lunette droite un logement un peu en avant du premier, avec une bonne banquette pour chaſſer totalement du terreplein de cette lunette l'ennemi qui vouloit encor s'y gliſſer; de ce logement on plongeoit juſques dans le reduit; les bombes & les grenades de l'ennemi endommagérent nos deſcentes du foſſé, mais on les retablît; on s'apperçut que l'eau commençoit à venir dans le foſſé, ſans ſavoir juſqu'où l'ennemi pouvoit la faire monter.

La 55e. *nuit, du* 6. *au* 7. les ennemis firent ſauter une mine à gauche de l'etabliſſement de notre batterie de la droite, qui en renverſa l'epaulement, mais que nous retablimes bientôt; on fit une communication du centre de la cinquieme parallele au couronnement du chemin couvert de la face droite de la lunette gauche; les ennemis vinrent le matin par le reduit de la lunette droite pour arracher & mettre le feu aux gabions du flanc gauche de la batterie de la droite; ils y jettérent quelques artifices, malgré la diligence de nos grenadiers qui les firent rentrer tout de ſuite.

La 56e. *nuit, du* 7. *au* 8. on fit dans un entonnoir à l'arrondiſſement de la contréſcarpe du baſtion droit, un bon logement pour balaier le foſſé, & mettre la batterie contigue hors d'inſulte; pour aſſurer celle de la gauche, on fit dans le logement de la lunette gauche, un puid d'où l'on marcha à la batterie parallellement à la face gauche de cette lunette; on fit deux nouvelles batteries de bombes dans la cinquieme parallele, de 4. mortiers chacune; les attaques des mineurs & les deſcentes de foſſé ſe continuérent ſans accident.

La

La 57e. *nuit*, *du* 8. *au* 9. les cinq bateries de breche reçurent leurs pieces, & commencérent à tirer dés le matin; celle contre le baftion droit etoit de 4. pieces; celle contre l'epaule de ce baftion, de 3; celle contre le baftion gauche, de 5; celle contre l'epaule de ce baftion, de 3; & celle contre la demi-lune, de 4; on continua avec fuccés les defcentes du foffé; nos mineurs n'avoient pas encor fait fauter le reduit de la droite, parcequ'ils avoient rencontrés les decombres de la gallerie ennemie qu'il fallut deblaier avant que de parvenir au point neceffaire.

La 58e. *nuit*, *du* 9. *au* 10. on repara les batteries que le grand feu des ennemis avoit un peu endommagées; on retablit auffi les communications, & les entonnoirs avancés; les ennemis vinrent à la pointe du jour attaquer l'entonnoir du baftion à droite, où nous avions un puid etabli, mais ils furent repouffés avec perte.

La 59e. *nuit*, *du* 10. *au* 11. les mineurs de la lunette à droite qui alloient au reduit, trouvérent une gallerie des ennemis & l'aiant percée, ils coupérent le fauciffon d'une mine chargée qui en fautant auroit fait un tres grand tort à notre batterie de la droite, deja fort incommodée par le feu des ouvrages collateraux; cette decouverte mit nos mineurs en etat de pouffer plus loin le travail fous le reduit; le mur etoit deja ouvert dans tous les endroits où nous battions en brêche; & nous continuames avec fuccés, malgré le grand feu de l'artillerie & mousqueterie ennemie.

La 60e. *nuit*, *du* 11. *au* 12. on fit un bon epaulement à la gauche de notre batterie de la droite, pour la garantir des feux collateraux; elle continua de tirer avec beaucoup de fuccés; les breches etoient deja fort avancées & l'on comptoit qu'elles feroient praticables le lendemain; les ennemis demasquérent de nouvelles batteries dans les ouvrages collateraux de la gauche, qui nous incommodérent fort, fans cependant ralentir notre feu.

La 61e. *nuit*, *du* 12. *au* 13. les ennemis firent une petite fortie de 27. hommes à la gauche, fur notre baterie de mortier vis-à-vis la lunette Hollande, dont ils enclouérent quelques pieces, mais avec de trop petits clous, que nous retirames facilement; ils firent fauter dans le meme tems une mine au faillant droit, qui devoit (à ce que nous fumes depuis) fervir de fignal à deux troupes des leurs pour attaquer de concert, notre batterie de la droite; nous

aper-

aperçumes en effet ceux de la droite, mais ils se retirérent presque aussi-tot quils se furent presentés; ceux de la gauche ne parurent point, ils s'egarérent dans le fossé par le peu de precaution qu'on eu de donner un bon conducteur à un Officier entreprenant que l'on avoit chargé de cette commission ; nos bateries fort incommodées par le feu de la place, n'avoient point encor perfectionné les brêches.

La 62e. nuit, du 13. au 14. les ennemis firent à l'egard du reduit de la droite ce que nos mineurs n'avoient pu faire : une mine qu'ils firent sauter combla la moitié du reduit, de façon que personne ne pouvoit y revenir ; ils en firent sauter une autre quelques heures apres, à la droite & fort prés de la premiere, elle forma un grand entonnoir, dans lequel nous nous logeames ; on repara les communications; les brêches commençoient à devenir praticables, on travailla à les écreter.

La 63e. nuit, du 14. au 15. on fit un logement dans le reduit de la droite, pour plonger dans le fossé ; & un nouveau debouché dans la lunette gauche ; on repara & on elargît toutes les communications, pour faciliter le passage aux troupes dans le tems de l'assaut, que l'on se proposoit de donner ce matin, mais que l'on jugea plus convenable de remettre au lendemain.

La 64e. nuit, du 15. au 16. les troupes commandées pour l'assaut se rendirent dés le soir à la queue de la tranchée, pour être en etat de deboucher à la pointe du jour; l'attaque de chaque bastion se devoit faire par 6. compagnies de grenadiers precedées par 400. volontaires, soutenues par 6. bataillons, & suivies par 300. travailleurs, 3. brigades de sapeurs, 20. canoniers, & 8. ouvriers; & l'attaque de la demi-lune, par 2. compagnies de grenadiers, precedées par 100. volontaires, soutenues par 2. bataillons, & suivies par 300. travailleurs; les ennemis etoient dans une securité si parfaite qu'a peine y avoit-il 300. hommes dans tous les ouvrages du front d'attaque, encor ces gens là etoient-ils fort mal sur leurs gardes; nos troupes debouchérent *à 4. heures & demi du matin*, au signal de deux salves de tous nos mortiers ; le peu de resistance qu'elles essuiérent de la part de l'ennemi, leur donna une nouvelle vigueur ; la demi-lune fut emportée dans l'instant, & tout ce qui s'y trouva fut passé au fil de l'epée, ou pris; l'ennemi n'augmenta point les difficultés que nous eumes à monter les brêches des bastions, qui n'etoient point

N 3   encor

encor affez praticables ; il nous laiffa auffi nous former dans les
deux gorges, & nous etendre de droite & de gauche le long du
rampart, jusqu'aux portes d'Anvers & de Breda que nous forçames
bien facilement ; M. DE CRONSTROM revenu alors de fon piron-
nifme, n'atendit point le denouement de cette affaire là ; il fe retira
de la ville, & ne voulut plus en difputer le commandement à M. le
Prince de Heffe-Philipsthal à qui il apartenoit de droit par fa
qualité de Gouverneur ; ce prince raffembla tout ce qu'il y avoit
de braves gens dans fa garnifon, & vint au devant de nous, comme
nous nous aprochions en bon ordre de la grand-place ; nous nous
fufillames beaucoup pendant une heure, fans gagner ny perdre de
terrein ; à la fin M. le Prince de Heffe qui etoit bleffé, fit battre
la retraite de fon coté ; élle fe fit jusqu'a la porte avec affez d'ordre,
mais delà jusqu'à Stemberg dans la plus grande confufion, & les
fuiards entrainérent avec eux les dix-huit bataillons qui campoient
dans les lignes ; les forts du Sud, Rowerf, Pinzen & Mirmont,
ainfi que le Kin-de-pot fe rendirent à difcretion ; nos foldats fe
voiant alors paifibles poffeffeurs de la ville, s'abandonnérent au pil-
lage comme à une chofe qui leur revenoit de droit ; M. de Löwendal prit cependant toutes les precautions neceffaires pour diminuer ce mal & le faire ceffer le plutôt poffible.   On evacua la
perte des ennemis tant tués que pris dans cette journée, à environ
4000. hommes, & la notre à 400. tant tués que bleffés ; à l'egard
de celle que nous fimes pendant ce fiege , il feroit affez difficile
de la bien determiner.

Pl. 22

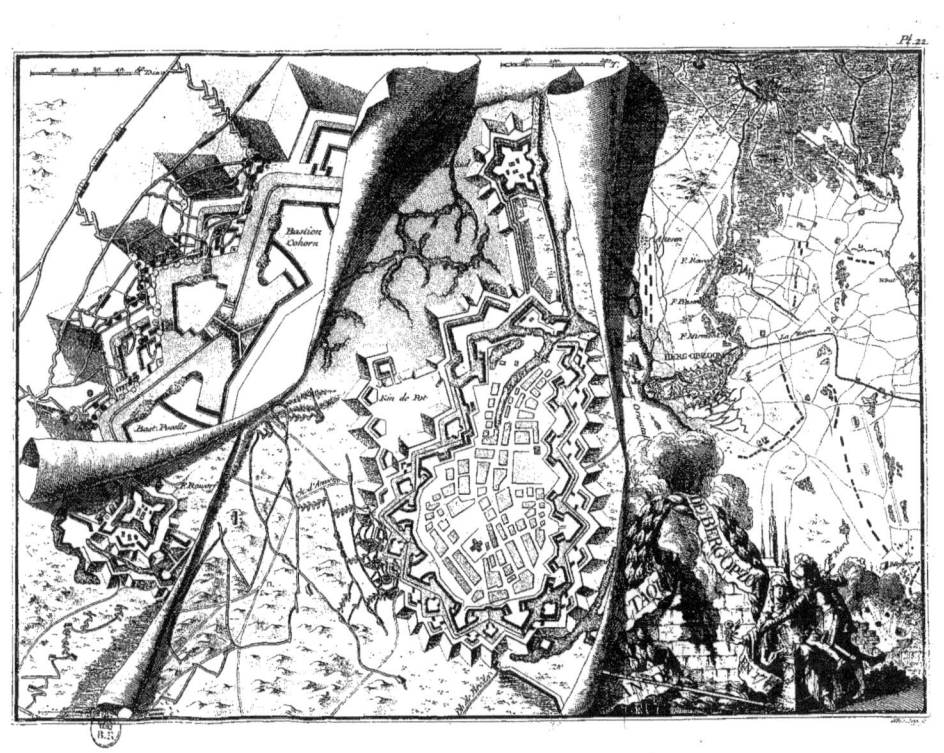

JOURNAL

du

Siege de Lillo,

commandé par

M. LE MARECHAL DE LÖWENDAL,

en 1747.

CE fort & ceux de Frederick-Henri, & la Croix etoient blo-
qués dés le commencement du fiege de Berg-op-zoom, par
des poftes que nous avions fur toutes les avenues ; & il y avoit fur

la

la digue prés le moulin de Doel, une batterie de 12. pieçes de canon, pour barrer le paffage de l'Efcaut.

Le 27. *Septembre*, M. de Lally vint camper à Berentrecht avec 2. bataillons, & 400. volontaires.

Le 28. on fit fommer le Commandant du fort Friderich-Henri de fe rendre, mais il le refufa à moins d'un ordre expres de fes Maitres; c'etoit M. DE VASSI, qui commandoit auffi en chef dans les deux autres forts; il arriva au camp un renfort de 12. piquets d'infanterie.

La nuit du 28. au 29. on etablît 4. canons, 2. mortiers & 3. obus, en batterie à la droite du fort Sluisken ruiné; & une autre batterie femblable à celle là, fur la digue de Santvliet, pour battre le fort Frederick; M. de Vaffi fut tué du troifieme coup de canon qui partit de la premiere batterie.

La nuit du 29. au 30. nous pouffames quelques zigzags en avant de notre batterie fur la digue de Santvliet.

La nuit du 30. au 31. Nous prolongeames la marche en zigzags commencée la veille; & nous emportames la batterie des ennemis fur la digue.

La nuit du 31. *Septembre*, au 1. *Octobre*, nous pouffames de nouveaux zigzags en avant de la batterie des ennemis; M. DE THIERRY, envoié de Tholen pour remplacer M. de Vaffi, fe rendit heureufement à Lillo.

La nuit du 1. au 2. nous portames la fappe jufques fur la crête du chemin-couvert du fort Frederick; & nous tournames ce fort par fa droite le long de l'Efcaut, pour couper la retraite aux ennemis; ils demandérent fur le champ à capituler, & ils fe rendirent prifonniers de guerre, confervant neantmoins leurs equipages.

La nuit du 2. au 3. nous nous aprochames jufqu'au fort Blauwgaren ruiné, pour delà commencer à attaquer le fort Lillo. M. de Lage vint fe porter avec 12. belandres au deffous du fort Frederick.

La nuit du 3. au 4. nous pouffames en avant du fort Blauwgaren, quelques zigzags, au bout desquels nous etablimes 4. canons, 2. mortiers, & 3. obus, en batterie.

La nuit du 3. au 4. nous ajoutames quelques zigzags à ceux de la veille.

La

La nuit du 5. au 6. nous prolongeames encor notre marche en zigzags ; & nous raprochames notre batterie.

La nuit du 6. au 7. nous nous portames jusques fur le chemin couvert du fort Lillo, que nous couronnames ; nous nous aperçumes le matin que les ennemis avoient abandonné ce fort dans la nuit, pour fe retirer au fort La Croix.

La nuit du 7. au 8. nous commençames fur la digue à plus de moitié-chemin du fort La Croix, une marche en zigzags que nous portames jusqu'a la barriére.

Le 8. au matin, M. le Marechal de Löwendal arriva d'Anvers dans un Yackt, & fit dire àu Commandant que s'il ne fe rendoit fur le champ, il n'avoit plus de capitulation à efperer ; M. de Thierry ne s'opiniatra point d'avantage, & accepta la confervation des effets de fa garnifon qu'on lui offroit.

Pl. 23.

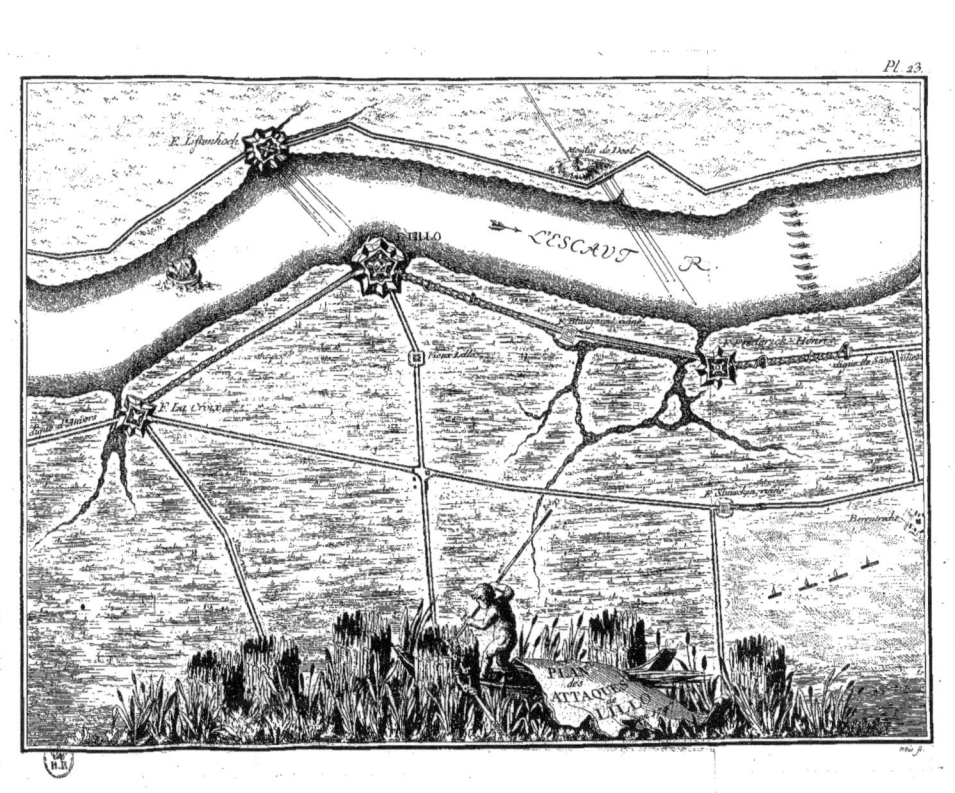

JOURNAL
du
Siege de Maftrick,
commandé par
M. LE MARECHAL DE LÖWENDAL,
fous
M. LE MARECHAL-GENERAL,
en 1748.

L E 13. *Avril*, cette place fut entierement inveftie par 143. bataillons, & 77. efcadrons ; & nous eumes outre cela, un corps fur la Gueule, un autre fur le Demer, & un autre entre

O 2

le

le Jaar & la Meufe; ces trois corps faifoient enfemble 149. efcadrons, & 25. bataillons.

Le 14. on fit les reconnoiffances, & l'on determina deux
attaques, l'une fur la droite de la baffe Meufe, & l'autre à la
gauche de cette riviere; M. le Marechal - General etablît fon
quartier à Hocht, & M. le Marechal de Löwendal prit le fien à
Opharen.

La nuit du 15. *au* 16. on ouvrit la tranchée aux deux attaques : A LA DROITE, on fit une parallelle qui embraffoit tout le
front depuis la chauffée de Bruxelles jufqu'a la Meufe; on communiqua à cette parallelle, à la gauche par cinq zigzags, & au
centre par trente-huit zigzags partans de Kouvenberg où êtoit le
parc d'artillerie. A LA GAUCHE, on fit une parallelle qui embraffoit tout le front de Wick depuis le chemin d'Aix jufqu'à la
Meufe; & on communiqua à cette parallelle par trois zigzags
partans de l'abaye de Gyffel; Ces deux ouvertures fe firent fort
tranquillement, les ennemis ne nous aiant aperçus qu'a trois
heures du matin.

La tranchée fut montée *à la droite*, par un Lieutenant-General, un Marechal de Camp, deux Brigadiers, avec huit bataillons & autant de Compagnies auxiliaires; la tranchée fut montée
à la gauche, par un Marechal de Camp, un Brigadier, avec quatre
bataillons, & autant de Compagnies auxiliaires.

La 2de. *nuit*, *du* 16. *au* 17. A LA DROITE, on fit une feconde
parallelle qui n'embraffoit que le front des deux ouvrages à corne
de la porte de Bois-le-duc; on communiqua à la gauche & au centre
de cette parallelle par un feul boiau, & à la droite par vint-fix
zigzags; on fit une nouvelle communication en ligne droite, du
depot de la droite à la premiere parallelle; on travailla le long
de la premiere parallelle, à l'établiffement de deux batteries
de canon, deux de mortier & une d'obus; & à la droite,
à la conftruction d'une redoute. A LA GAUCHE, on fit les
deux bouts de la feconde parallelle, dont la gauche fut apuiée à
la premiere, & la droite communiqua avec celle-cy par trois
zigzags; on travailla au centre de la premiere parallelle à deux
batteries de canon, & à la gauche à une redoute.

La 3e. *nuit*, *du* 17. *au* 18. A LA DROITE, on commença à
la gauche une troifieme parallelle, qui ne devoit embraffer que
le

le front du premier ouvrage à corne; on travailla à deux batteries de mortier, deux d'obus, & une de canon au centre de la fe-conde parallelle, & à une de mortier dans la communication de ce centre avec la premiere parallelle; on acheva la redoute de la droite; les affiegés firent à une heure, une fortie de 200. hommes qui mirent d'abord quelque defordre parmi nos travailleurs, mais nos grenadiers aiant marché à eux, ils fe retirérent. A LA GAUCHE, on joignit les deux bouts de la feconde parallelle; on travailla le long de cette parallelle à quatre batteries de canon, & à une d'obus; & l'on acheva la redoute de la gauche.

La 4ᵉ. *nuit*, *du* 18. *au* 19. A LA DROITE, on acheva la troi-fieme parallelle de la gauche, & fes deux communications avec la feconde; on prolongea la gauche de celle-cy; & l'on etablît à la droite de la premiere, une nouvelle batterie.

La 5ᵉ. *nuit*, *du* 19. *au* 20. on prolongea la droite de la fe-conde parallelle; & l'on commença dans cette partie un debouché fur la capitale du baftion detaché de la droite. Toutes les batteries aux deux attaques reçurent leur pieces.

La 6ᵉ. *nuit*, *du* 20. *au* 21. on commença quelques debouchés vers la droite de la premiere parallelle, qui ne furent point con-tinués dans la fuite.

La 7ᵉ. *nuit*, *du* 21. *au* 22. on prolongea le debouché fur la capitale du baftion detaché de la droite, jusques prés du bord de l'avant foffé, le long duquel on commença la troifieme parallele de la droite, qui ne devoit embraffer que le fecond ouvrage à corne. Nos batteries aux deux attaques tirérent avec fuccés malgré le mauvais tems.

La 8ᵉ. *nuit*, *du* 22. *au* 23. on acheva la troifieme parallelle de la droite, qui communiqua avec le centre de la feconde par un boiau avec des traverfes tournantes; on retablît les batteries que le mauvais tems & le feu des ennemis avoient derangées, & on en etablît une nouvelle à la droite de la premiere parallelle.

La 9ᵉ. *nuit*, *du* 23. *au* 24. on commença quatre debouchés fur les capitales des quatre premiers faillans du front d'attaque.

La 10ᵉ. *nuit*, *du* 24. *au* 25. on prolongea les quatre de-bouchés commencés la nuit precedente; les ennemis à la faveur d'un brouillard tentérent une fortie de 200. hommes fur la tête des debouchés du centre, mais nos grenadiers les obligérent de rentrer fans avoir rien fait. O 3 *La*

La 11ᵉ. *nuit*, *du* 25. *au* 26. de la tête des trois debouchés de la gauche, on commença dans cette partie une quatrieme parallelle; les ennemis firent à une heure une fortie fur nos debouchés, & eurent le tems d'arracher quelques gabions.

La 12ᵉ. *nuit*, *du* 25. *au* 27. on acheva la quatrieme parallelle de la gauche.

La 13ᵉ. *nuit*, *du* 27. *au* 38. A LA DROITE, on perfectionna la quatrieme parallelle & les debouchés. A LA GAUCHE, les ennemis firent en fe gliffant le long de la Meufe, une fortie d'environ 1000. hommes d'infanterie fur nos batteries de la droite, dont ils enclouérent quelques pieces avant qu'on pût les repouffer; dans le même tems, ils firent une autre fortie vers la gauche, de 300. chevaux, pour tacher de tourner notre redoute & notre premiere parallelle, mais quelques coups de canon qu'on leur tira les firent rentrer.

La 14ᵉ. *nuit*, *du* 28. *au* 29. le faillant gauche fut attaqué à 4. heures & demi du matin, par 7. compagnies de grenadiers qui debouchérent à droite & à gauche de la fleche, la tournérent, & chafférent l'ennemi de cette partie du chemin couvert; on en commença tout de fuite le couronnement; & on entourra la fleche par deux boiaux de communication; les affiegés vinrent peu de tems aprés pour troubler ce travail, mais ils furent repouffés avec perte.

La 15ᵉ. *nuit*, *du* 29. *au* 30. l'attaque du faillant droit fe fit par 4. compagnies de grenadiers, qui debouchérent à 9. heures du foir, à droite & à gauche de la fleche, la tournérent, & obligérent l'ennemi à abandonner cette partie du chemin couvert; on en commença le couronnement; & on entourra la fleche par deux boiaux de communication; on prolongea de droite & de gauche le couronnement du faillant droit, & on établit dans cette partie trois nouvelles batteries de mortier; les ennemis firent fauter vers minuit, une fougaffe fous le faillant droit, qui nous etouffa quelques hommes, & dans le jour, ils en firent fauter deux autres fous le meme faillant.

La 16ᵉ. *nuit*, *du* 30. *Avril au* 1. *May*, on commença une quatrieme parallelle à la droite; & on prolongea de droite & de gauche le couronnement de chacun des deux faillans; le feu des ennemis continua d'etre tres vif.

La

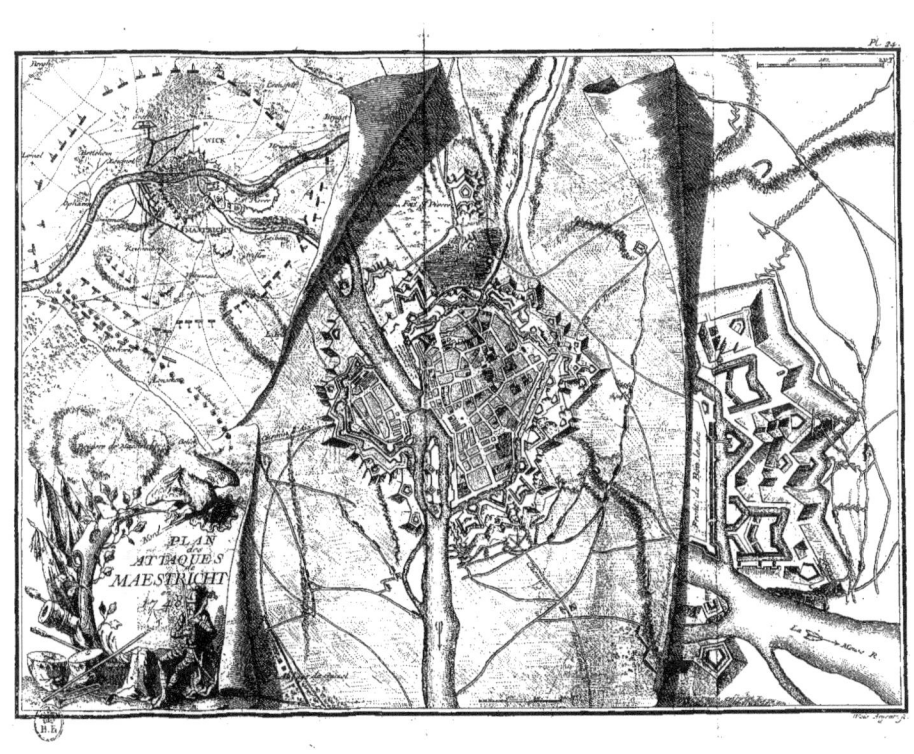

Pl. 24.

PLAN
des
ATTAQUES
MAESTRICHT

La 17ᵉ. *nuit*, *du* 1. *au* 2. on prolongea & on perfectionna les logemens des deux faillans, & leurs communications avec la quatrieme parallelle.

La 18ᵉ. *nuit*, *du* 2. *au* 3. on fit les difpofitions neceffaires pour l'attaque des deux baftions detachés & celle des deux ouvrages à corne, que l'on vouloit entreprendre la nuit fuivante.

L'apres midy, on convint d'une fufpenfion d'armes de 43. heures à l'occafion d'un arrangement pris au congrés d'Aix, confernant la ville de Maftrick.

Le 6. les Affiegés arborérent le drapeau blanc, & le Magiftrat fe rendit à Hocht pour remettre les chefs de la ville à M. le Marechal - General; la capitulation fut fignée le même jour.

Le 10. la garnifon fortit avec tous les honneurs de la guerre; elle confiftoit en 12. bataillons Autrichiens, 7. Hollandois, 4. Bavarois & 660. chevaux; M. le Baron d'Aylva commandoit en chef dans la place.

ERRATA.

ON a besoin de quelque indulgence pour ce qui regarde l'accentuation des premieres feuilles, qui a été assez negligée; on prie aussi le Lecteur de corriger les fautes suivantes

page 2.	ligne 32.	Le Gardes	lisez Les gardes
—— 85.	—— 3.	BERG-OB-ZOOM	—— BERG-OP-ZOOM
—— 102.	—— 27.	evacua	—— evalua
—— 104.	—— 37.	du 3. au 4	—— du 4. au 5.
—— 110.	—— 5.	du 25. au 27	—— du 26. au 27.
—— 110.	—— 7.	du 27. au 38.	—— du 27. au 28.
—— 111.	—— 11.	les chefs	—— les clefs.

AVIS AU RELIEUR.

A moins d'un ordre contraire, il distribuera les planches à la fin des journaux auxquels elles apartiennent, & il les fera sortir hors du livre.

www.ingramcontent.com/pod-product-compliance
Lightning Source LLC
Chambersburg PA
CBHW051129260626
47170CB00005B/1727